LA GUADAÑA

Alfredo Gaete Briseño

LA GUADAÑA

PRIMERA EDICIÓN
Octubre 2019

Editado por Aguja Literaria
Valdepeñas 752
Las Condes - Santiago de Chile
Fono fijo: 56 - 227896753
E-Mail: contacto@agujaliteraria.com
www.agujaliteraria.com
Página Facebook: Aguja Literaria

ISBN
978-956-6039-27-3

Nº INSCRIPCIÓN:
309.793

TAPAS:
Imagen de Portada: Devonx (Licencia Estándar Shutterstock)
Diseño de Tapas: Josefina Gaete Silva

A ALFREDO LEWIN LEÓN

Quiero dedicar este libro a un gran amigo;
hace pocos días inició ese misterioso y mágico viaje
del que no se regresa.

AGRADECIMIENTOS

Reciban mi agradecimiento quienes se tomaron el tiempo para leer *La guadaña* antes de ser publicada. En especial las escritoras Eva Morgado, Alicia Medina y Helena Herrera, y el escritor Juan García Ro, Q.E.P.D. Gracias por sus valiosos aportes, que contribuyeron para lograr un satisfactorio resultado.

Vaya un reconocimiento a los miembros del Taller Literario CM, quienes con su interés por un sencillo cuento que les compartí, me motivaron a convertirlo en esta novela.

Doy gracias, también, al apoyo brindado por Aguja Literaria, en particular a su directora ejecutiva, Josefina Gaete, quien se encargó del diseño de tapas y hacer una publicación impecable, tanto en papel como en sistema digital. Y a sus editoras, Claudia Cuevas y Zorayda Coello, por sus diligentes revisiones al texto final.

I

Por uno de los angostos callejones que conducen a la calle principal, donde pocas veces se ven personas circulando, avanza un rostro pálido. Esquelética figura cubierta por la piel ajada debido a la acción del sol y el viento, tan abandonada por la suerte que, víctima de la indecencia humana, llamándose Pedro, los habitantes del pueblo que saben de su existencia le dicen Pe. Y a veces ni eso, solo hacen un gesto rápido con la cabeza y la boca para indicar que se refieren a él.

Esta vez ha decidido dejar de ser nadie y convertirse en una imagen con entrañas que se expanden debido a la maldad que surge del odio, animal furioso, cuyo silencio ruge incluso con más fuerza que los estrepitosos quejidos de un árbol devorado por las llamas.

Carga en su mano derecha una guadaña cuyo filo, amigo solemne de la muerte, brilla por la acción de los rayos del sol.

En la otra lleva, apoyados sus cañones en el hombro, una escopeta de dos gatillos que perteneció al padre y escondió en la caverna que le ha servido de refugio durante la última etapa de su vida.

Lo acompaña, además, esa soledad que junto a los recuerdos ha mellado su vida, sufriendo como una roca a la intemperie.

Completa el cuadro una mueca con pretensiones de sonrisa que, bajo la apenas visible negrura de sus ojos entornados, arroja una señal nada auspiciosa para los próximos momentos que, hambrientos de venganza, se acercan a medida que sus encallecidos pies descalzos levantan agresivas nubes de polvo.

Al doblar por la empedrada calle principal, la mirada de la tarde desierta lo sigue hasta la puerta de una construcción de ladrillos a la vista, cuyos dos pisos destacan, alejada de otras viviendas típicas, de una sola planta, levantadas con adobe o madera.

La llamativa casona, que en tiempos pasados cobijó los quehaceres de una concurrida cantina y un pretencioso burdel, está habitada por una mujer de muy baja reputación, que duerme en uno de los cuartos del segundo piso. En la primera planta mantiene la decoración original, dando la impresión de que en cualquier momento se encenderán las luces y comenzará el desfile de ostentación femenina y parroquianos urgidos.

Ingresa acompañado por los quejidos que emiten los goznes de las puertas de vaivén, sin hacerse avisar. Al fondo, apoyada en un cristal impoluto, la extensa repisa exhibe una atractiva hilera de botellas, casi todas llenas.

Se acerca decidido y deja sus armas sobre la barra de roble, impecable al igual que el piso de baldosas grises. Coge una que contiene un líquido color caramelo; con parsimonia quita el sello, la destapa y sirve un chorro en un pequeño vaso. Con un movimiento brusco lo apura y vacía con la misma velocidad. Repite el movimiento cuatro veces. En todas, su cara expresa la agresión que aún le provoca la acción del alcohol. Sacude la cabeza dos veces y regresa a su lugar el envase que todavía contiene más de tres cuartas partes. Observa las armas durante algunos instantes y las vuelve a tomar igual que antes. Con una actitud que refleja la seguridad que lo mueve, se aleja hacia el interior. Al fondo, donde ya no hay más salón, pisa con lentitud cada madero de la escalera que rechina bajo sus inmundos pies, tan endurecidos, que parecen protegidos por una dura suela.

Se detiene ante la primera habitación durante unos segundos, escuchando los resoplidos que surgen del interior. Luego, un violento empellón hace que la puerta se estrelle contra el muro, y entra.

Sobresaltada por la sorpresa, la mujer fulminada por su mirada abandona de un salto la postura adoptada para realizar aquel indecoroso quehacer para el cual debió desnudarse. Transcurridos algunos segundos, sus ojos desmesuradamente abiertos y los músculos tensos, vuelven a la normalidad. En su rostro aparece una mueca de notoria burla.

—Ah, eres tú. Te he dicho mil veces que no entres sin avisar, o ¿para qué crees que me di el trabajo de colgar una campana? —Su boca se mueve con una velocidad que apenas permite entender lo que dice.

Pe deja la guadaña afirmada contra la pared y, decidido a reivindicar su nombre, sujeta la escopeta con ambas manos y apunta a la ridícula figura del hombre que desnudo, aún yace tendido de espaldas.

Ella, de rodillas sobre la cama, comienza a reír.

—Ya, deja ese juguete, Pe, ¿no ves que estás molestando? Con este artefacto viejo sacado quizá de qué caverna, no vas a asustar a nadie. Sigue siendo el hombrecito tranquilo que has sido siempre, agarra un par de botellas de la repisa de abajo y ándate a vagar por las calles. Más tarde, cuando no esté ocupada, puedes dejarte caer por aquí y decirme qué quieres. Y tendrás que explicarme, eso sí, el porqué de esta irrespetuosa forma de entrar. Así que anda saliendo, porque por si no te has dado cuenta, llegaste en un momento *bastante* poco apropiado.

El otro hombre, al ver el desparpajo con que la mujer le habla, parece soltar las amarras del miedo y también relaja la tirantez de sus facciones mientras levanta la espalda hasta donde su musculatura le permite, afirmando los antebrazos en la ropa de cama.

—¿Que no oíste a la dama? Así que haz el favor de ir saliendo de aquí, porque como ella te ha dicho, ¿no ves que estamos ocupados?

Cuando la escopeta de Pe, quien ahora se siente más cercano a la denominación de Pedro, deja salir su luminosa descarga y el tipo cae de espaldas como marioneta desprendida de sus cuerdas, la mujer vuelve a contraer los músculos y lleva la mano derecha a la boca para ahogar el grito que intenta arrancar. Lleva la mirada hacia el cuerpo inerte, del cual emana una buena cantidad de sangre, pero de inmediato los desvía y, observando el rostro del recién llegado, perversamente indolente, comienza a tomar el peso a la situación. El silencio se apodera del lugar, hasta que logra mover los labios para modular con dificultad una lamentable brizna de voz.

—¿Estás loco? —Carraspea mientras percibe una necesidad inminente de insistir en su intención de expresar lo que siente—. ¿Estás loco? —Sus ojos de un color indescifrable debido a la luz, brillan con una expresión que mezcla la incredulidad y el terror, mientras lo observa apoyar con parsimonia la antigua escopeta sobre la muralla, junto a la guadaña. La espantada mirada sigue sus movimientos. Lo ve coger el singular apero de labranza, también con lentitud, y mirar el resplandor del filo con curiosa admiración. El aspecto que se apodera de su rostro la desconcierta y asusta aún más. Sus facciones se han endurecido y, junto a la inocente vena azul de su frente, marcada ahora con exageración, tiñen su expresión bobalicona con otra, por completo desconocida, que le da un aspecto terrorífico. Anonadada, ve cómo se acerca blandiéndola.

La mujer, aún sobre la cama, todavía sin reaccionar ante su desnudez, cruza los brazos de manera automática, cubriendo sus pechos. Aquella reacción, lejos de componer la desmejorada estampa que exhibe, otorga relevancia a su florida entrepierna y acentúa su ridícula postura. Aunque alta y corpulenta, se ve frágil.

A él le acomoda la escena. Le parece que las letras de Pedro crecen. PEDRO, en su mente, le arranca una sonrisa que desborda satisfacción.

La perplejidad de la mujer desemboca en algunas lágrimas que pronto se convierten en llanto. De su boca brota un rosario de ruegos.

A los ojos de PEDRO, se empequeñece aún más. Avanza con suma lentitud y se detiene a medio metro. Un brusco ademán con su cabeza y un gesto pronunciado en la boca, que apunta hacia el cadáver, le indican que debe obedecer de inmediato.

Ella se detiene unos segundos en su desaliñada presencia. A esa distancia también puede percibir su agrio olor. Es evidente que últimamente no se ha bañado. La camisa es blanca, de mangas arremangadas, y el deteriorado cuello está asqueroso. Viste pantalones arrugados con manchas de comida, que sujeta a la cintura con un cordel. La costra de los tobillos es una muestra más de su falta de aseo.

—Por favor, Pedro, no me hagas daño. —Aún temerosa de llevar sus ojos hacia el cadáver, piensa con recelo en su condición, ignorante de lo que está por ocurrir.

Pedro repite el gesto con la cabeza y la boca.

La sombría expresión en la cara de ella indica el terror que la embarga.

—¿Ahí? ¿Junto a…?

El esbozo de sonrisa que permanece en la cara de PEDRO se acentúa hasta hacerse evidente, pero sin emitir sonido alguno. Se voltea y, con una rapidez sorprendente, deja la guadaña en el suelo y regresa la escopeta a sus manos. Apuntando hacia ella, se le acerca. Ha recuperado la lentitud de sus movimientos.

—¿No estabas tan contenta, hace un rato? Pues bien, no lo hagas esperar. Continúen haciendo lo que hacían.

—Pero Pedro, mira, está muerto, tú lo has… —Apenas cree en lo que está diciendo—. Está todo ensangrentado… —Una idea cruza por su mente—. Mejor, ¿por qué nosotros dos no…? —Está tan asustada, que no mide lo absurdas que resultan sus palabras.

—¿Podrías? ¿Tu sinvergüenzura no tiene límites?... ¡No me hagas perder la paciencia! —Un ademán con la escopeta refuerza la dureza de sus palabras—. Échate ahí en la cama, te dije, sobre él, tal como los encontré… ¡Ahora!

Los cañones apuntan de lleno hacia ella, rozan su cabeza, le parecen una razón ineludible para obedecer.

—Está bien, Pedro, pero mejor podríamos... si te parece... contigo, tú y yo... como antes...

—¿Como antes? —Observa que la sangre del cadáver ha impregnado la sábana y la frazada.

—No me hagas esto, Pedro, sabes que nunca quise herirte.

—¡Que no te haga esto? ¿Que nunca quisiste herirme...? ¿Cuánto más crees que podía aguantar tus insolencias y degenerado comportamiento, gozando, además, del dolor que me punzaba? Eres una persona mala, muy mala. Y yo te quería, te quise tanto, y no sabes cómo me duele. Por eso, ¿sabes?, no mereces vivir. Mírate ahora... Y mira a lo que hemos llegado.

—¡Por favor, apiádate!

—¿Apiadarme? ¿Yo? ¿De ti? ¿Crees que podría? No sabría cómo hacerlo... Por dónde empezar. ¿Apiadarme?

—¡Ya, no importa, pero suelta esa cosa, que me asusta!

—¿Tú asustada? Lo que son las cosas, qué rápido has cambiado de postura. Asustada... ¡Seguro!, porque esta mata. —La remece en sus manos—. Mi padre cazaba con ella... Y después de descuerarlos, se los comía.

—Sí, lo sé.

¿Que mata, que mi padre cazaba, o que los descueraba y comía?

—Todas esas cosas que dices, todas juntas, pero ya, quítame eso de encima, ¡por favor! No se te vaya a escapar un tiro.

—¿Como se me escapó recién? Mira al infeliz, qué poco le duraron las ganas de ponerse bravo.

—¡Pero ya, saca esos cañones de aquí!

—¿Imaginas cómo me sentí al verte? Y antes, cuando venía, y más antes, tantas veces…

Margarita se limita a afirmar con la cabeza.

—¿No dices nada?

—Lo siento, lo siento, no me di cuenta. No sabía que te hería así.

Pedro retira unos centímetros la escopeta y la inclina un poco hacia el costado izquierdo, dejando de apuntarle. Permite que suspire y vuelve a encañonarla.

—¡Por favor!

—Deja de implorar y míralo. ¿Ese es tu tipo de hombre?... Ah, ¿no puedes mirarlo? ¿Eres incapaz de hacerlo? ¿Ahora te asquea? ¿Ahora lo quieres lejos? ¿Ahora que ya no te sirve… y te asquea? Pobre infeliz, qué manera de abandonar este mundo… Y ya que te produce tanta repugnancia y no quieres montártelo, entonces envuélvelo.

Margarita lo observa con el rostro aún más descompuesto, sus ojos brillan.

—Sí, envuélvelo, con la sábana, ¡vamos!, ¿no escuchaste?

—Sí, sí, hago lo que digas, pero no dispares, ¡por favor! —Su cuerpo no le obedece. Percibe sus músculos agarrotados.

—Ya, lo haré yo… mujer inútil… —Una mueca con la boca torcida, dibujando una sonrisa que a ella le parece tétrica, expresa su enorme satisfacción, mientras desliza con lentitud el cadáver hasta el suelo, sin soltar el arma ni perder a Margarita de vista.

A ella le sorprende la delicadeza con que lo hace, piensa que sin duda es parte de esta locura que lo ha atrapado.

—Ahora, tiéndete… ¡Tiéndete, te digo! —Observa con placer que ella acata en silencio, sin oponer resistencia, en espera de lo que cree, obviamente sucederá.

Mientras lo hace, Margarita piensa en la mejor forma de zafarse de él. Será cuando se le eche encima, en un momento de descuido. Busca con la mirada algún objeto cercano con el cual golpearlo; la guadaña le queda demasiado lejos y Pedro no suelta la escopeta. De momento, intenta mostrar la mejor sonrisa que logra.

—¡Ven aquí! —Le cuesta aparentar que se ha excitado, pero insiste en hacer un gran esfuerzo para que así lo crea, con la esperanza de que suelte el arma y se le eche encima, única manera que se le ocurre para distraerlo y encontrar alguna forma de golpearlo…

Él observa la culata de la escopeta, está a punto de pegarle en la cabeza… Pero se siente tan poderoso que decide variar un poco su plan y, antes de noquearla, dar al asunto una nota aún más alta de suspenso. Desea verla todavía más aterrada; se le ha ocurrido una idea y desvía los ojos hacia la guadaña…

Ella, extrañada, en vez de verlo írsele encima, observa que coge la afilada herramienta y la levanta. Comprende, horrorizada, lo que está a punto de suceder.

—¡No, Pedro, te lo ruego… no, por favor!

Las manos de Pedro caen con velocidad en una escena que se replica pintada de un gris fantasmal sobre el muro. La impresión y el pavor que envuelven a Margarita la obligan a cerrar los párpados apretando con fuerza desmedida la musculatura de los ojos, y la impresión le roba la conciencia.

La filosa hoja cae a cinco centímetros de la cabeza y se entierra rasgando el colchón.

Pedro observa a la mujer desnuda, desmayada sobre la sangre absorbida por las ropas de cama; la guadaña enterrada a centímetros de sus ojos cerrados; la escopeta apoyada sobre el muro; y en el suelo, el cadáver, que parece mirarlo. Esboza una nueva sonrisa. Conforme con la manera en que van las cosas, saborea su plan y la idea de que nunca volverá a ser Pe. Un hombre de la calle, sí, y le agrada ser un desconocido, pero no más el Pe de Margarita. Por eso, está aún más decidido a darle un escarmiento. Otra vez posa los ojos en la escopeta y los devuelve a la guadaña. De inmediato piensa en el susto que tendrá cuando despierte. Regresa la mirada hacia el cuerpo ensangrentado y, como si estuviera vivo, le ofrece su mejor sonrisa.

—Verá cómo le complico la vida. Ya veremos cómo se las arregla para salir del laberinto en que la voy a meter.

II

Luego de abandonar la casa de Margarita y las calles del pueblo, tan desiertas como de costumbre, Pedro comienza a ascender por la montaña con lentitud. Siente que lo desborda un extraño, aunque exquisito vigor; el cielo azul le regala un sol que parece calentar el fluir de su sangre, la vegetación ofrece ante sus ojos un verde más intenso, el trinar de los pájaros repleta el ambiente con una música que lo alienta a continuar por la senda que se ha trazado; está seguro de hacer lo correcto. Luego de un rato se detiene ante la oscura abertura natural situada en lo alto del cerro, entre tupidos árboles de elevados y gruesos troncos, escondida tras enormes rocas que, mientras la protegen de posibles miradas intrusas, para él demarcan el lugar.

A poco más de cincuenta metros, corre un agua cristalina proveniente de napas subterráneas, a cuyo alrededor se forma un diminuto oasis incluido un pozón, desde el cual nace una pequeña cascada.

Ha llegado a su guarida. Con la misma mano que lleva la guadaña, sujeta un ajado saco donde echó varias botellas de ron que sacó de la casa de Margarita, luego de haberla dejado tumbada.

Está contento de vivir ahí. Piensa que cuando recupere el dinero que ella le usurpó, no se cambiará a otro lugar… Ya verá qué hacer con esa plata, pero por el momento, está enfocado en continuar viéndola sufrir… Sonríe con malicia, pues considera que la fiesta apenas empieza. Ha comenzado a comprender lo que significa saciar aquello que llaman "sed de venganza".

Deja su carga en el interior y regresa afuera con una botella de ron en la mano. Mientras da un sorbo y limpia su boca con la manga de la camisa, se acerca a observar la transparencia del agua e imagina lo gélida que estará. Aunque el sol aún mantiene cierta potencia, no le apetece mojarse. Hace mucho que no toma un baño y no lo necesita. Pero sí continuar bebiendo —sonríe—, "aunque no agua, precisamente". Se sienta sobre la hierba a mirar el pozón. Percibe en el cuerpo una temperatura agradable, de modo que no necesita el fuego para abrigarse; sin embargo, lo mantiene encendido cubierto de cenizas para que los leños ardientes no se apaguen y poder cocinar sus presas de caza, tal como lo hace una mujer mapuche quien, iniciada cada mañana, se apresta a calentar agua y preparar sus tortillas al rescoldo. De pronto, cae en la cuenta de que tiene hambre. Se levanta, da algunos pasos y con un palo despeja los leños ardientes, que reanima soplando con energía. Luego acomoda arriba de unas piedras el ennegrecido hervidor. Mientras se calienta, recorre sus trampas hasta encontrar atrapada una liebre que de inmediato lleva hasta una roca de superficie plana y rugosa, donde la faena con habilidad.

Al hacerlo, evoca a Margarita y en cámara lenta recorre los acontecimientos ocurridos más temprano. La sangre del animal le recuerda la que corría desde la herida del cadáver. Al descuerarlo, revive la sensación de poder que percibió al ver la piel pálida de Margarita, inconsciente sobre la cama manchada. Una vez más, al visualizar su expresión, siente un placer extremo. Revive su terror, hasta llegar al límite, perdido el sentido ante la guadaña cayendo con velocidad sobre su cabeza; imagina el torbellino de ideas que debe haberse apoderado de su trastornada mente.

Aún con aquellas visiones presentes, se pregunta si habrá recobrado la conciencia, e intenta adivinar su reacción al verse desnuda sobre aquellas cobijas ensangrentadas, presa del desconcierto... Se acerca a la fogata, troza los humeantes cuartos dorados que descansan sobre los gruesos fierros que sirven de parrilla, los voltea y deja que se continúen cocinando.

Vuelve a sentarse y durante un rato observa el maravilloso espectáculo con que la tarde se retira. El tinte anaranjado de las nubes se hace cada vez más opaco y va dando paso a un rápido oscurecimiento del cielo. Las nubes se tupen, lo que no es raro que ocurra de improviso en aquella zona, y su color gris amenaza con una lluvia que de seguro caerá durante la noche. Todo aquello, en medio de su amada naturaleza, le produce una exquisita sensación de relajo. El aroma que proviene del fuego aumenta el placer que lo embarga.

Al poco rato, sentado en un tronco, su boca descarna con ansias las pequeñas presas.

Terminada su cena, el cansancio, oculto por su vehemencia, lo obliga a dar por finalizado el día. Entra en la cueva y se deja caer sobre su viejo colchón, cubierto con un par de mantas robadas del jardín de una casa, tan lejana, que sería imposible ser descubierto.

Su exaltación no lo deja conciliar el sueño y, sin proponérselo, comienza a reflexionar. Aparecen en su mente algunos de los diversos acontecimientos que lo condujeron a ser menos que un donnadie, un individuo sin perspectivas y despreciado por todos quienes han sabido de su existencia. "Y todo, debido a la desmedida maldad de Margarita". Durante mucho tiempo creyó que aquello no le incomodaba, que por el gran amor que sentía hacia ella, y la pasión que despertaba en él, podía hacer una especie de apostolado y aceptar el sufrimiento que le oprimía. Pero la situación se desbocó y lo mismo sucedió con sus sentimientos. Piensa que le hubiera gustado tener cercanía con otras personas, ojalá un buen amigo que compartiera sus pesares y alegrías, que lo comprendiera, que lo ayudara; pero está acostumbrado a la soledad. Mientras más ahonda en lo que ha vivido durante los últimos tiempos, menos soporta la forma en que sucedieron los acontecimientos que lo llevaron en esta ruta. Observa la guadaña y la escopeta apoyadas sobre la fría pared de roca. Les guiña un ojo y de inmediato los cierra, pero no puede dormir; los abre, y con ellos dirigidos al disparejo techo, enfoca una vez más a Margarita. Sonríe con amplitud, convencido de que, al despertar, el terror se apoderará de ella.

III

Margarita despierta desorientada. Al ver el desastre junto a su cabeza y poner los ojos en la rasgadura impregnada de sangre seca, recuerda la guadaña cayendo y se sienta de un brinco. Por momentos, un vahído la desconecta de la realidad, luego permanece mirando asombrada el lugar donde debiera estar el cadáver, primero con los ojos entornados, luego abiertos a más no poder.

—¡Qué mierda...! —Con los brazos tapa sus pechos desnudos y, comprendiendo el absurdo de esconderlos ante ninguna otra presencia, los descubre y abandona la cama sin dejar de enfocar el lugar. Apenas lo cree: el cuerpo ha desaparecido.

Luego de un rato, aún parada en el mismo lugar, un impulso la lleva a agacharse y levantar el colchón hasta donde sus brazos lo permiten. Confirma que la rotura hecha por la guadaña cruza hasta el otro lado, ofreciendo un panorama poco alentador. Lo suelta asqueada, sensación que no demora en transformarse en pánico. Sus ojos buscan la guadaña y la escopeta, de las cuales no hay rastro, y regresan al lugar donde debiera estar el muerto. Se pregunta cómo pudo desaparecer y piensa en Pedro, ese Pe que de pronto se convirtió en PEDRO. No entiende que su ingenuidad, su desidia, su indolencia y su estupidez, se hayan transformado en una exacerbación de tal magnitud. Un odio que, dado el acontecer de las cosas, le cuesta dimensionar hasta dónde pueda llegar.

Rendida ante la evidencia, se sienta en la cama. Sus pensamientos surgen desordenados y continúan saltando de un lugar a otro, mientras el desconcierto sigue en aumento. Ha apoyado las manos sobre la sábana y tensa los brazos hasta que le duelen.

—¡Carajo! —La ataca una sed terrible y piensa en el bar de la planta baja, pero de inmediato comprende la inconveniencia de emborracharse. Además, le parece que su desnudez no es facha para andar paseándose por la casa. Mientras observa sus pechos, su vulnerabilidad se acrecienta y percibe la necesidad urgente de tomar una ducha de agua caliente y darse un posterior golpe gélido.

Salta de la cama, entra al baño, gira la llave, y no demora en percibir el agrado que otorgan los finos hilos de la ducha entibiando su cuerpo. Pero la incomodidad producida por su desconcierto y el temor no disminuye. Cuando acciona la del agua fría, emite un grito completamente fuera de control. Es un alarido impregnado de incertidumbre, odio, rabia y terror.

De regreso en la habitación, se dirige al ropero. En el angosto espejo que cubre la puerta del centro, observa su desnudez. Sin duda no tiene la misma figura de antes, pero también le parece que, aunque cercana a los cuarenta y pasada en algunos kilos, no está del todo mal. "¡Al menos tienen de dónde agarrarse, los huevones…!". Aquel pensamiento permite que algunos recuerdos ingresen a su mente y hace un recuento rápido de lo que han sido sus últimos tiempos y cómo terminaron impactando de manera tan violenta en Pedro. A la vez, observa las arrugas que surcan su rostro, también producto de los excesos de la vida que ha llevado. Por extensión, aparecen escenas de los sucesos anteriores a desmayarse: la puerta abriéndose con violencia, la manilla golpeando el muro, Pedro ante sus ojos con una guadaña en la mano y una escopeta en la otra... el disparo, el cadáver junto a ella, la sangre, los insolentes cañones amenazándola, ese hombre sin vida que hacía poco se vanagloriaba de sus fortalezas en la cama, el colchón inmundo...

Vestida con una sencilla blusa blanca y un pantalón verde, sobre cuya presilla desborda su exceso de grasa, escoge un grueso cinturón negro con una enorme hebilla dorada, y se lo coloca, todavía observándose. Zamarrea la cabeza como si pudiera librarse de aquellas imágenes y, de inmediato, camina hacia la puerta.

Aquel espacio de tiempo ha estado muy lejos de ofrecerle la posibilidad de relajarse, más bien se ha convertido en un multiplicador de sus aprensiones y el temor que la supera.

Al salir observa el pasillo que muere en la puerta de la habitación donde alguna vez relegó a su exasperante marido, ese espacio nauseabundo y fétido que habitaba antes de que lo corriera de la casa, sin deseos de saber en qué lugar pasaría las noches ni importarle que fuera a la intemperie. Le parecía que, si cogía una pulmonía y abandonaba este mundo, era lo mejor que les podía ocurrir, "tanto al pobre desgraciado como a mí, que lo he tenido que soportar durante toda una vida".

Detiene la mirada en la manilla y un impulso la tienta a alcanzarla. Camina con prisa y al llegar, sin dudar, la gira.

Entra con precaución y se alegra de que ahora esté limpia y ordenada. De inmediato se percata de que la ventana está abierta. "Por allí debe haber bajado el cadáver para no ser visto...".

Se asoma. La distancia hasta el suelo es mucha como para haberlo arrojado desde ahí; una serie de interrogantes pueblan su cabeza: "¿Habrá traído una cuerda? Probablemente, porque sacarlo por la puerta principal hubiera sido muy arriesgado. ¿Lo habrá dejado tirado? Porque si lo descubren...". Una idea que como rayo ardiente se introduce en su mente, la hace retroceder. "Eso sería catastrófico, el hombre está impregnado con mis huellas... Debo revisar, al menos los alrededores, porque si lo ha tirado por ahí...".

La sola idea de husmear por las cercanías aumenta el terror que la invade y siente un temblor recorrer su espalda. "¿Y por qué robárselo si me podía inculpar? ¿Y llevarlo a dónde? ¿Qué pretende este loco...?". Sus ojos recorren el cuarto en busca de algún otro detalle, pero salvo la ventana, el resto está tal cual ella lo dejó después de hacer un aseo profundo y mantenerlo en condiciones. Observa la angosta cama, donde dormía su entonces marido, ahora cubierta con una vistosa tela floreada. Se pregunta cómo podía vivir en condiciones tan ingratas. "Claro que si pasaba borracho... ¿Habrá dejado la ventana abierta de adrede para que yo la descubriera? Claro que, si sacó el cuerpo por ahí y él también salió, le fue imposible cerrarla; además, no creo que haya reparado en que eso tuviera importancia...".

Antes de abandonar el lugar se detiene en el vano, repitiéndose varias veces que no debe trastornarse, muy por el contrario, más que nunca tiene que hacer un esfuerzo por mantener la cabeza fría. Cierra la puerta con delicadeza, como si pudiera despertar a más fantasmas de los que hay en su mente y regresa con lentitud por el pasillo, tal que el cuerpo, revelándose, no quisiera participar de los dictámenes de su mente.

Al bajar, a medio camino, se detiene y observa con prolijidad el salón. Los recuerdos intentan desplazar a las ideas que la atormentan, pero le parece que fueron vividos en una reencarnación muy lejana y esos pensamientos negativos son demasiado potentes, de modo que no demoran en regresar, recargados de peores augurios.

Apoyada en la baranda, sus divagaciones retornan a su dormitorio, la cama, la rasgadura, la sangre seca… Como otra guadaña, rasga su mente la desaparición del cadáver. Acto seguido, aparece la imagen de la ventana abierta en la habitación del fondo. Todo lo ocurrido le dice que el asunto recién comienza y, lo que sea que vaya a ocurrir, no irá por buen camino. Cada vez más convencida de que Pe ya no es Pe, continúa elucubrando que su seguridad está completamente comprometida, y entonces, si lo que él busca es venganza, sobran motivos para no haberla matado, pues puede crearle un caos inimaginable, y aunque se libre de toda culpa, sin duda, no le importa que su vehemencia lo conduzca por muchos años a la cárcel, ya que no sabe lo que son el miedo ni los remordimientos; sin proponérselo, una mueca agria aparece en su boca. "Que lo metieran preso sería lo mejor de todo, pero no lo culparán, no tienen por qué, soy yo la que estará en el ojo de la mira". Así las cosas, en su cabeza, Margarita no duda que, a estas alturas, luego de lo ocurrido, Pedro es capaz de hacer cualquier cosa en su contra, y reafirma la idea de que ella está en mucho peor pie que él. Las preguntas intentan erosionar su cordura: "¿Cómo puede un tipo tan tonto ser inteligente de repente?

¿O no es tan tonto? ¿O sí lo es y actúa por una especie de instinto?". Los recelos aumentan los motivos para estar aterrada. Se pregunta qué debe hacer, sin encontrar siquiera el asomo de una respuesta. Su posición es terrible: además de no haber cuerpo por el que dar parte a la policía, su reputación en nada le ayuda… Llegar con aquella truculenta historia no es una posibilidad. Y si Pedro lo hubiera dejado para que despertara junto al cadáver, habría sido terrible, o si apareciera tirado por ahí, peor todavía, habiendo estado montada sobre él. Toma su cabeza con las dos manos. Su voz escapa aguda, como un gemido desesperado.

—¡Sería una locura! ¡Literalmente, un suicidio!

Sin salir de su estado depresivo, se pregunta qué hacer con la frazada y las sábanas, todas manchadas y rasgadas. "¿Y con el colchón? Roto, también sucio, casi inservible… Y precisamente por el calamitoso estado en que han quedado, no puedo tirarlos a la basura. Las sábanas y la frazada puedo lavarlas y remendarlas, pero ¿y el colchón? Tendré que repararlo, tal vez forrarlo, es impensable dejarlo así…". Aunque por el momento, mientras discurre una forma de arreglarlo, tendrá que quedar ahí, volteado, escondiendo la sangre, y ella durmiendo sobre el tajo. "¿Aquí?, ¿sola? ¡No, imposible! No puedo quedarme sola en este maldito lugar, esperando no sé qué, pero ¿a dónde ir? Tendría que alquilar una habitación en otro lugar… Pero antes debo solucionar lo del colchón…".

Continúa bajando la escalera con lentitud, aún aferrada a la baranda, como si el cuerpo le pesara una tonelada y sin previo aviso fuera a desequilibrarse, caer y rodar. Al cruzar ante el bar se detiene y da una rápida mirada a las botellas exhibidas en línea contra el espejo. De inmediato nota que algunas han desaparecido y otra fue abierta. Antes de sucumbir a la tentación, niega con la cabeza y continúa hacia la salida. Mientras arrastra los pies, todavía con pesadez, recuerda aquellos tiempos en que los parroquianos bebían allí a destajo. Luego subían tambaleándose a la segunda planta y desaparecían tras alguna de las puertas con una de esas putas que al coquetear se veían ansiosas por beber unos tragos sin costo para sus bolsillos, y luego recibir un dinero por sus servicios. Muchas veces, ella misma era la que se encamaba, después de emborrachar a Pedro para dejarlo durmiendo en la habitación del fondo. Con el tiempo perdió la poca vergüenza que le quedaba y esos primeros pasos para librarse de él se convirtieron en costumbre. Con una buena dosis de licor, ni siquiera necesitaba gastar en drogas, algo que pensó algunas veces en introducir entre sus parroquianos, pues el pueblo estaba libre de tal garra, pero era complicado por la lejanía y muy riesgoso, de modo que nunca se animó... Transcurrido el tiempo, bastaba una cantidad disminuida de alcohol para ponerlo a dormir. Y después que se fue, siguió proveyéndole de algunas botellas que, de seguro, pensaba, utilizaría para pasar el frío nocturno, quizá dónde. Con el ánimo de no complicarse, jamás se interesó en saber más acerca del pasar que pudiera llevar. Y desconocía la existencia de su refugio en la alta montaña, donde llevaba una vida silvestre que respondía por completo a sus precarios intereses.

Las pocas monedas que le daba, apenas le alcanzaban para pan y algo más, que en general consistía en algunos tiros para cazar perdices y patos silvestres, abundantes en

el lugar, como una forma de variar su alimentación, principalmente basada en la carne de liebres que capturaba con
trampas escondidas entre la maleza, actividad que no requería de mayor esfuerzo, pues se habían convertido en
plaga. En cuanto al alojamiento, si bien no le alcanzaba,
tampoco le interesaba, pues la naturaleza lo subyugaba
desde niño y el día a día era desafiante. Complementaba su
alimentación con frutos silvestres, hongos y yerbas; tenía
agua a la mano y el alcohol era gratis. Las maravillas que
contemplaba en su entorno lo hacían sentir afortunado; sin
embargo, no era capaz de ignorar el comportamiento que
Margarita tenía de un tiempo a la fecha, insoportable
cuando iba por licor y el mezquino dinero. Ver la vida que
llevaba a costa de la que había sido su herencia, y ser blanco
de sus insultos, cada vez más vejatorios, manifestados sin
la más mínima de las consideraciones, llegó a convertirse en
humillaciones intolerables. La mujer, en su desequilibrada
desfachatez, ni siquiera tenía la prudencia de esconder a algún individuo de turno que hubiera metido en su pieza.
Para peor, le enrostraba que era poco hombre, lo trataba de
borracho imbécil, y se reía a destajo de su maldita suerte,
comparándola con la de ella, que le había permitido transformarse en lo que llamaba "una gran señora", a diferencia
de él, que no era más que Pe, y, como insistía en decirle una
y otra vez, ni siquiera eso.

Margarita, aunque reconoce que se aprovechó en exceso de su bondad y su majadera idiotez, sigue sin entender
su actual comportamiento, ese sorprendente cambio de
conducta, desbordando aquella rabia que le ha brotado, de
repente, a borbotones. Agrega a sus pensamientos la idea

de que, luego de haberlo corrido de la casa, pudo darse el lujo de tener todo el recinto para ella, fornicar a su antojo y emborracharse sin tener que soportar su presencia. Aunque antes había logrado relegarlo a su dormitorio y mandarlo a la calle cuando se dejaba ver, la molestaba por el solo hecho de existir. Necesitaba que se fuera, que no apareciera más, que odiara su maldad para nunca querer volver, que se borrara de la faz de la tierra… Mientras empuja las puertas de batiente, concluye que se le pasó la mano, pues logró hacer que odiara su maldad no solo para irse y no querer volver, sino para que despertara en su interior una incontrolable sed de venganza; "sin duda, no fue una buena idea…". Suelta un profundo suspiro.

En la calle, la luminosidad golpea sus ojos con furia. Está despejado y el sol brilla orgulloso a la altura del cénit. Luego de una rápida ojeada alrededor, comprobando la soledad imperante, se pregunta si tal vez deba regresar al interior para ver qué hace con la frazada, las sábanas, y en particular con el colchón; de pronto, una idea terrible cruza por su mente: "Quizá deba ir a la parte trasera a ver con qué me encuentro, no vaya a ser que el cadáver esté tirado por ahí". Aunque la idea de tropezarse con este la aterra, decide que, si no lo hace, la intranquilidad acabará con sus nervios. Se encamina con lentitud hacia el agreste jardín, que deslinda con un angosto callejón, que a su vez bordea un llano amarillento y conduce a la ladera del tupido bosque que trepa por el cerro.

Después de una búsqueda infructuosa por las cercanías, mientras regresa a la casa, reflexiona sobre lo sucedido, a ver si se le ocurre qué hacer, y de paso, encontrar algo que justifique los hechos recientes y la estúpida y angustiante situación en que se encuentra. Además, debe buscar la forma de limpiar o deshacerse de la ropa de cama manchada y, por supuesto, arreglar el colchón, pues no encuentra dónde tirarlo sin ser descubierta.

Dirige sus pasos hacia el bar. De nuevo observa la botella color miel abierta y bebida en parte. También los espacios vacíos. Le extraña que Pedro se llevara botellas exhibidas en aquella repisa con espejos, pues siempre ha sacado de entre las guardadas bajo el mesón. Es parte de su nueva conducta, una actitud sin duda provocativa. "Cada vez que llega a robarme, no puede dejar de beber unos cortos. ¡Sinvergüenza!". Pero aquel pensamiento pierde su fuerza de inmediato, pues ante lo ocurrido es lo menos preocupante. Intentando no dar más vueltas a la idea, vierte un largo chorro en un vaso whiskero, bebe un largo trago que a pesar de la costumbre le hiere la garganta, se sienta en un taburete ante la barra y deja salir un fuerte eructo. Aquello la divierte y ríe.

No demora en volver a preguntarse qué debe hacer. Revisa una vez más la posibilidad de pasar ahí la noche, sola, indefensa; recuerda la escopeta de dos cañones y la afilada guadaña, que desaparecieron con Pedro, y el cuerpo del delito, y la ventana, y la probable cuerda… Pero ¿para qué se lo llevó? Podría haberlo dejado ahí y marcharse, sabiendo que ella sería inculpada: el hombre estaba impregnado de sus huellas y fluidos; pero se lo llevó, por lo que algo extraño trama, algo que ella es incapaz de imaginar. Sin duda, tiene un plan en extremo maligno. La ha dejado sola, indefensa, con un colchón del cual no se puede desprender y

tendrá que dormir sabiendo que tiene esa enorme costra ne-
gruzca acompañada de una gran rotura que irá dejando salir con lentitud sus vísceras sintéticas. Y si el cuerpo apareciera, ella estaría perdida. Le produce un sudor frío pensar
que, aunque falto de inteligencia, fue capaz de fraguar un
plan maléfico y hacerle pagar por sus pecados. La tiene en
sus manos. El cadáver pudriéndose en algún lugar, continuará impregnado de ella. El terror vuelve a invadirla. "¿Le
habrá ayudado alguien? Pero ¿quién? No, eso es imposible,
no tiene amigos… Decididamente no es conveniente quedarme sola". Y sus pensamientos continúan sin hacerle sentido, desconcertándola: "¿Por qué aquel repentino cambio
de conducta a una tan extrema? ¿Qué le ocurrió? ¿Por qué
rebelarse y actuar de esa manera tan inapropiada, pudiendo
haberlo hecho antes, si desde hacía tanto tiempo lo humillaba sin piedad? Algo oculto se gestó en él que lo despertó
y, sin duda, ha logrado atormentarme. Y seguirá castigán-
dome". Comprende que con aquel asesinato nada terminó,
por el contrario, recién empieza, y conociéndolo, sabe que
esta obsesión que tiene entre ceja y ceja se transformará en
algo así como su motivo de vida.

—¡Qué horror! —"El odio que desperté en él lo traerá de
vuelta y quizá con qué intenciones". Vuelve a visualizar la
escena: el disparo, el cadáver en el piso. Ve a Pedro enfren-
tándola, la escopeta que parecía tan inofensiva, la guadaña
cayendo con velocidad, la sangre pegajosa en la frazada y la
sábana… Y su mente ida de golpe a negro. Todo por un desliz con aquel desconocido, un pobre tipo que no pudo escoger un momento más desafortunado para deshacerse de su
calentura. Un individuo que llegó en busca de placer,

alardeando de su magnífica situación económica; sabía que el lugar había dejado de ser lo que era, pero le habían dicho que, si pagaba bien, encontraría una conveniente atención personalizada. Y ella que, aburrida de su vida, recibía a personas venidas de la ciudad en busca de diversión privada, no mostró inconveniente alguno para recibirlo y juntos armar una mini orgía.

Subieron a su dormitorio, donde ensayó su arte de no dejarle un solo centavo en los bolsillos, mientras se quitaban la ropa…

Pedro entra y sale de su mente, una y otra vez. Se pregunta cómo encontrarlo antes que él a ella; lamenta no haberse interesado en saber dónde paraba, aunque no le extraña, ¿por qué había de hacerlo? "Tal vez pernocte bajo un puente, pues no tiene más dinero que las migajas que le doy… Pero no, estamos en plena cordillera, el frío lo hubiera matado… ¿Dónde vive, entonces? ¿Solo? ¿Con alguien? ¿Una cómplice?". No, no lo cree. ¿Por qué? No sabe, pero le parece imposible, aunque tan imposible como la conducta que ha adoptado. "Y casi nunca reclamó, apenas unas pocas quejas que pronto acallaba con licor". Coge la botella, se sirve una cantidad similar a la anterior y bebe otro largo trago. Mientras lo hace, envalentonada por los efectos del alcohol, decide que no es buena idea irse. No puede andar vagando de un lugar a otro, pues tarde o temprano la encontraría, sabría que está asustada, y eso no es buena idea, entonces la situación sería peor. Tiene que quedarse ahí y afrontar lo que venga. Tal vez lo pueda convencer de abrir la cantina de nuevo, total, ni siquiera tendría un costo adicional importante; afinar el piano, dar un poco de vida a ese pueblo miserable que se ha enredado en su propia telaraña… Ahí, en la soledad de ese extraño espacio de tiempo, se detiene para revisar el contenido de esos últimos pensamientos.

—¡Tendría que estar loca para hacerlo! —Sonríe por estar hablando en voz alta, como si hubiera alguien más presente que debiera oírla. Pero esa mueca le dura solo unos segundos—. ¡Sí, loca de remate!

Sin soltar el vaso, abandona el taburete que le está destrozando los glúteos.

"Ya no estoy para estos trotes. Parece que en realidad estoy un poco pasadita de kilos, y claro, si casi no camino, me lo paso echá… Aunque ejercicio del otro no me falta". Aquel término de pensamiento se encuentra lejos de hacerla sonreír. Mientras va hacia la escalera, evoca una vez más la escena en la cama, Pedro, el hombre muerto…

Sube acompañada de los quejidos provenientes de la madera que pisa, que atentan contra sus sienes; el dolor de cabeza está comenzando, ese que a intervalos la ha acompañado desde hace un tiempo, especialmente por las noches, antes de quedarse dormida, y que ahora parece atacarla con más agresividad. "Es que, con este embrollo, a cualquiera se le reventaría…".

Entra a su habitación, cierra la puerta con prisa y atolondrada gira la llave, como si alguien la persiguiera. Escucha el gemido que suelta la cerradura. Hace mucho tiempo que no la utiliza. Detiene su mente en la antigüedad de la puerta, en su endeble constitución; bastaría un puntapié para echarla abajo. Continúa con los ojos puestos en la llave que sobresale por el ojo de la cerradura y menea la cabeza ante la poca tranquilidad que le da aquella medida de seguridad. "Tendré que cambiar esta puerta, y es algo que no puede esperar. Y le instalaré una mirilla. Y un pestillo por dentro. Y una cadena de seguridad. Y compraré un arma…". Detiene sus pensamientos ante aquella idea y evoca las puertas de vaivén que separan todo el inmueble de la calle, esas que contravienen cualquier intención de protección. También las eliminará. "Me gustan, pero hoy, en esta absurda situación, con un Pedro que se ha vuelto loco, más loco de lo que ha sido siempre el muy infeliz, es un gusto que ya no me puedo dar… Me puede costar muy caro". Y las reemplazará con una gruesa puerta de roble y, en esta, una ventanita como la que tenía la casa en donde lo conoció… De pronto, sus pensamientos vuelven a detenerse. Se da cuenta de que en su cabeza está diseñando los planos para construir su propia cárcel.

—¡No, un ventanuco no!

IV

Margarita no siempre fue así. Puta, sí, pero tenía estilo. La regenta y sus compañeras lo decían, y los clientes lo reafirmaban; no en vano tenía un séquito de admiradores que la buscaban como perros en celo, incluso algunos señores importantes de la ciudad, entre ellos varios políticos de alta alcurnia provenientes del gran Santiago, que llegaban hasta la casa preguntando especialmente por ella, dispuestos a consumir y con recursos para pagar bien por los servicios recibidos.

También robaba, aunque no como cualquier ladrona. Sabía hacerlo sin quedar en franca evidencia. Sí, era una sinvergüenza capaz de encantar al que se le pusiera por delante, y manejaba con maestría una serie de trucos para hacerse de los contenidos de las billeteras. Sabía guardar las apariencias, vestía y caminaba con una elegancia poco vista en aquel alejado lugar y sus modales tenían rasgos de un refinamiento que jamás pasaba desapercibido, que aprendió con particular interés y paciencia en las páginas amarillentas de un libro que recibió de un peculiar hombre. Con cierta nostalgia, solía recordar aquel curioso episodio de su vida: Luego de coquetear con ella en una esquina y cruzar tomados del brazo a un solitario parque, le contó que era pintor y no tenía dinero para pagarle, pero sí un texto que le aseguraba, le serviría para toda la vida. El tipo, con aires extrovertidos, ensalzó sus encantos femeninos, su simpatía y su juvenil desplante, y como un suave remolino la hizo sentir dama de la alta sociedad, y dejó en ella el dulce sabor de llegar a ser respetada y envidiada por los demás. Por su parte, a medida que esgrimía sus condiciones de galán, iba dejando en evidencia la fascinante personalidad que, a través de su boca y gestos, afloraba con fluidez. Y la siembra fue cayendo en suelo fértil. Margarita cedió a todas las delicadas sugerencias y peticiones, dispuesta, incluso, a complacerlo sin libro; comportamiento fácil de tener, pues en esos tiempos vagaba por calles y avenidas, y a nadie debía dar explicaciones.

El pintor habitaba en una pieza pobre que daba hacia el interior de una propiedad con aspecto rancio, en un segundo piso; según decía, algún día la llevaría a su atelier, que estaba en reparación, a pocas cuadras de distancia.

Convencida de que era un personaje estrambótico, su extravagancia la fascinaba, incitándola a conocer más de él y su peculiar comportamiento.

Los días pasaban y ella tuvo la osadía de hacerse a la idea de que esa relación sería más larga de lo habitual, dispuesta a postergar sus ansias de riqueza, acompañándolo en su idea de salir adelante apoyado en su condición artística y en la creación de sus obras, de las cuales muchas, según le dijo, estaban a la venta en importantes galerías, a las que también prometió llevarla más adelante.

Pero el tiempo, comprimido en apenas seis días, no dio espacio más que para revolcarse en la cama y beber sin límites en amplias jornadas, hasta quedar exhaustos.

Al séptimo día, él salió temprano, justificándose de tener que visitar a un cliente importante. Ella se quedó acostada y luego de dormir hasta pasado el mediodía, se mantuvo en la cama, con los ojos cerrados, dejando volar su imaginación hacia donde bien le pareciera. Se preguntaba si aquel viril hombre realmente sería su versión de "príncipe azul", cuando unos golpes en la puerta la sobresaltaron. Supuso que era su amable conquistador y saltó de la cama desnuda, tal como él la había dejado. Al llegar a la puerta, recapacitó y se cubrió con el vestido que descansaba sobre la silla ubicada a los pies de la cama. Mientras intentaba domar el pelo, los golpes se repitieron. Abrió, exhibiendo una amplia sonrisa, que desapareció cuando quedó ante un tipo enorme: su altura lo encumbraba hasta casi rozar el arco de la puerta; unas anchas espaldas contribuían a darle una apariencia imponente, aunque su prominente barriga hacía decaer su aspecto.

—Necesito hablar con el joven.

Margarita notó de inmediato que la mirada del recién llegado caía sin disimulo sobre sus abultados pechos, por supuesto carentes de sujetador.

—Pero no está, ¿quiere dejarle un recado?

—No tengo idea de quién sea usted, pero dígale que así no era el trato. Y que me debe entonces lo que falta para el doble.

—¿El doble?

—Sí, así se paga aquí. Cada uno es uno más, así que me falta la parte suya.

—¿La mía?

—Claro, la suya, solo pagó la de él. Y como el trato termina hoy, supongo que no volverá, menos si sabe que tendrá que pagar el doble.

—Pero si él vive aquí.

—¿Vivir? —Una carcajada que a Margarita sonó poco amistosa arrancó de su boca—. Aquí nadie vive. Eso no sería negocio. La gente viene por días, rara vez una semana. Es muy caro para eso… Pero ya, dejémonos de cosas raras. Usted me paga y asunto arreglado. ¿Estamos?

—Pero yo ahora no tengo dinero.

—No sé yo, pero alguna forma de pagarme tendrá… —Quitó la mirada de sus pechos, la bajó con lentitud hasta enfocar las piernas, y la regresó deteniéndola nuevamente en su generoso escote. También se dio cuenta de que en ningún momento la había dirigido a los ojos—. Y usted no se ve mal, ¿no? En realidad, por el contrario, se ve muy bien, y a pesar de lo desaliñada que se encuentra, se nota que le gusta vestirse bien, así que tan pobre no será, digo yo… ¿Comprende? Así que si no suelta las pocas chauchas que cuestan estos seis días, tendrá que pagarme de otra forma nomás… Usted decide, yo no estoy por forzar a nadie, pero tampoco me gusta que me esquilmen. Así que usted dirá: me paga con lo que debe ser, o sea, platita nomás, o me ofrece alguna forma compensatoria que me haga olvidar el dinero, ya que, en realidad, no tiene por qué pasar todo por ahí, ¿no le parece?

—Podríamos esperar a que él regrese, de seguro le pagará.

—¿Y usted se me vuela como una palomita? No, señorita, eso no, tengo suficientes años de circo como para aguantar un hachazo a mi inocencia, así que usted decide cómo, pero me paga ahora.

Lo que sucedió después de aquellas palabras, es historia, y lo que la afectó no fue aquella brutal entrega, pues durante su vida en la calle había hecho muchas cosas peores. Lo que sí ha rondado en su cabeza hasta ahora es aquella dura decepción amorosa, cuando comenzaba a creer que su vida podía tener un viraje en ciento ochenta grados. El pintor nunca reapareció, llevado por el mismo viento que lo había traído.

A medida que pasó el tiempo supo reponerse y, a pesar de ser abandonada de una manera tan indigna, le agradeció la obra que le había regalado, a la cual sacó partido consultándola cada vez que tenía un tiempo libre, y poniendo su contenido a prueba. Los resultados fueron quedando a la vista: exquisitamente embaucadora, su estampa se imponía, deleitando a los clientes con su atractiva presencia. En cuanto a su costumbre de quitarles el dinero, nunca lo hizo de manera burda. Dejaba que bebieran unos tragos y, cuando consideraba que estaban en su punto, ni sobrios ni tan ebrios, los invitaba a su cuarto. Allí, en un divertido juego amoroso, iban sacando un billete tras otro. Un beso aquí y otro allá; el derecho de una mano a recorrer muslos y piernas, hombros y brazos; el valor que daba a cada prenda que se quitaba como si estuviera en el escenario de un cabaré... Jamás sus dedos tuvieron que hurgar para hacerse de los billetes, era su ingenio atado a sus encantos lo que funcionaba como aroma de un perfume irresistible. Las billeteras y los bolsillos se entregaban solícitos ante ella, dispuestos sus dueños a lo que fuera con tal de lograr sus sofisticados favores. Y después, nadie podía reclamar. Incluso llegó a ser considerada una mujer particularmente honesta. Jamás un cliente pudo quejarse de que en su presencia algo se perdiera de su camisa, chaqueta o pantalón.

Pero como todo se filtra, la dueña sabía de las condiciones que Margarita tenía para timar a los hombres en la intimidad, y vigilante, aguzó sus sentidos para apoderarse de aquellas propinas generadas con tanta pulcritud.

Para guardar las apariencias, Margarita le entregaba una parte, pero guardaba el resto, lo que se transformó en un ahorro que debía esconder en un lugar seguro, pues la señora tenía la costumbre de revisar los cuartos. Además, sospechosa de que no le entregaban el total de lo ganado, de manera aleatoria, las chicas que salían del lugar debían ingresar a una habitación donde eran desnudadas por la propia regenta y revisadas en detalle; diligencia que, justificada como una forma de evitar que se llevaran dineros que no les correspondían, le permitía darse el gusto de mirar y tocar sin costo. En caso de descubrir en la chica algo adicional a lo que le había pagado, era requisado y sufría alguno de los castigos que tenía preparados para quienes le desobedecieran, los cuales iban desde simples labores cotidianas relacionadas con la limpieza o la cocina, a servicios personales requeridos por ella que tenían que ver con su presentación personal, y en ocasiones, con su necesidad de ser consentida de manera privada respecto a su condición homosexual.

Cuando volvían de la calle, las fiscalizaba con la mirada para enterarse de que no hubiesen gastado en exceso respecto a los mezquinos ingresos que les daba.

Sin embargo, la vida ofreció a Margarita una ventana por donde observó la posibilidad de terminar con aquella lamentable situación. Surgió a raíz de la fortuita aparición de Pedro en su existencia. El anhelo por tener un pasar más justo, sumado a su ambición, encendieron la mecha de lo que la llevó a creer que ahí radicaba una escalera para subir hacia donde la suerte le indicaba: un padre rico y un hijo que más allá de su atractivo físico, desde el comienzo consideró idiota. Convenientemente enamorado de ella, parecía una excelente oportunidad para asegurar su futuro, cansada de pasar de mano en mano para lograr ese porcentaje ínfimo de dinero que la señora de la casa le permitía conservar, fuera porque los cobros a los habitantes de un pueblo como el suyo eran ridículos, o en el caso de los foráneos, porque la regenta se quedaba con casi todo. Ni cuando atendía a señores provenientes de la capital, aunque el consumo aumentara considerablemente, incluida la tarifa por las prestaciones de las muchachas, la dueña compartía aquellos beneficios extras.

Y los abusos sumaban: las niñas debían pagarle por los cuartos donde prestaban sus servicios; también por la utilización de espacios comunes como el salón, la cocina y el baño; algo se dejaba como aporte por la llamativa ambientación y les restaba otra cantidad si el tiempo con el cliente se extendía más de lo que consideraba pertinente. Cuando las muchachas alojaban ahí mismo, como era el caso de Margarita, les cobraba otro tanto de arriendo.

Entonces, las posibilidades surgidas en la mente de Margarita cuando conoció a Pedro cobraron relevancia.

V

Ese domingo, a mediodía, apareció uno de los hacendados que acostumbraban a llegar hasta ahí. Las trabajadoras decían predicar la acción social con sus cuerpos, entregándoles la posibilidad de ser acogidos en su segunda casa. Y a veces bromeaban agregando que era la primera.

—Miren, ahí viene don Juan Rodríguez, y no viene na solo, y se nota que viene del club, algo pasadito de copas, así que ya, chiquillas, vayan moviendo el culo, que el negocio está muy reflojo. —Mercedes había abandonado las caricias que le ofrecía el sol de mediodía para traspasar la puerta de calle y correr hacia el salón, gritando mientras se quitaba el delantal y entraba al pasillo para arrojarlo en un armario que abrió y cerró con rapidez. De regreso en el salón se observó en el gran espejo con marco dorado del fondo, que permitía una benévola sensación de amplitud, y arregló con el nudillo del dedo índice las apenas notorias marcas de delineador; las pestañas, aunque postizas, eran de un largo recatado, razonablemente pintadas con rímel, y los párpados tenían un tono *beige* suave que daba vida a su ajada piel. Se arregló con un rápido movimiento de manos los pechos, más por costumbre que necesidad, y se giró—. Seguro que viene de donde sus amigotes.

—Sí, doña, y lo acompaña un cabro nadita de mal parecido. —Margarita se arrimó al lado de ella.

—¿Y tú? ¿Desde cuándo empezaste a meterte debajo de mis polleras? ¡Ya, anda y ábrele la puerta, será mejor! No vaya a ser que el caballero se nos pase de largo.

—¿Y adónde va a ir? Ya con nosotras los viejos de este pueblo están rebasados, si no fuera por la buena fama que tenemos en Temuco, estaríamos comiendo puras lauchas.

Se escuchó una risotada general.

—Por eso mismo, niña, no te demores más.

El muchacho, parecido al hombre, aunque tenía una atractiva estampa, poseía en su cara una extraña expresión.

—Qué tal, mis queridas niñas… ¡Es mi hijo! —Lo señaló con la mano, como si fuera un trofeo, mientras él lo miraba con una sonrisa bobalicona—. Está bueno ya que el muchacho se despercuda, ¿no les parece? —Sus palabras rebotaban en los muros, mientras echaba un vistazo a lo que con frecuencia se refería como "la mercancía"—. Y bien, ¿quién va a ser la afortunada de darle de comer a este cachorro? —Sus ojos se posaron en Margarita. Le pareció la más adecuada, siempre había llamado su atención aquella apariencia tan disonante con las demás, y también con el lugar. De hecho, salvo contadas excepciones, la escogía para que lo acompañara en sus embestidas privadas. Le gustaba que vistiera con sencilla elegancia y sin excesos de maquillaje; además, como le constaba, sabía cumplir con sus deberes en la cama como ninguna—. ¡A ver, chiquilla, tú misma, ya que nos abriste la puerta con tantas ganas!... Sí, definitivamente, eres la indicada.

Mientras se acercaba, la observó con más atención que de costumbre: sin ser especialmente bonita, sus rasgos, sumados a la graciosa forma de ser, la hacían atractiva. Movía con ritmo sus pronunciadas caderas y clavando los pies, uno tras otro, imitaba a una modelo sobre la pasarela. Recreó ese cuerpo desnudo, abultado, pero debido a su juventud, de carnes firmes. Y sus posturas. Evocó lo mucho que le gustaba estar con ella y dejarse esquilmar con sus encantadoras tretas; a fin de cuentas, por mucho que se aprovechara, se conformaba con tan poco... Reconfirmó para sí que, tratándose de su hijo, para ser la primera vez, estaba perfecta. Notó en sus ojos pequeños, casi negros, una mirada misteriosa en la que no había reparado, como si ocultara algo, aunque sin producir desconfianza. La nariz, un tanto achatada en un rostro de piel muy clara, denunciaba su origen en algún desliz entre un caucásico y una indígena.

Al conocerla, su suave voz primero, y después su exquisita desnudez, hicieron que le agradara de inmediato.

—Ya, patrón, me sonroja el honor que me ofrece... —Dejó salir una estruendosa risa que ahuyentó el poco espíritu de libertinaje que había podido acopiar el muchacho. La curvatura de su espalda destacaba la redondez de las nalgas, y la dimensión de los pechos les permitía jugar con cierto descaro, asomando sin recato, apenas amparados por el escote. Cerraba el cuadro su enorme boca con labios gruesos al natural, y una alegría que desbordaba; un pensamiento repentino entró como rayo a la mente del viejo: "Esta niña podría vender harina tostada en el desierto".

—A ver, querida, ya que estás tan poseída de tu papel, muéstrale a este cabro lo que es bueno. Con tus atributos, de seguro lo domarás en un ratito. Y por mientras, a mí me podrían servir, aunque fuera un vinito, ¿no les parece? Y si hubiera algún comistrajo, tanto mejor...

—Ya, buen mozo, no perdamos más tiempo aquí con este gentío; vamos para que tengamos más tranquilidad, a ver si podemos conocernos un poquito. Vamos a ver en dónde enganchamos los dos, mire que a mí me encantan estas pruebas. —Cogió a Pedro de la mano y no demoraron en desaparecer bajo el dintel de la puerta que enfrentaba el oscuro pasillo conducente a las habitaciones.

La regenta se acercó a Juan.

—Y usted, patroncito, ¿no se entusiasma con echar una canita al aire, mientras tanto? Vea cómo lo miran las chiquillas, si se lo quieren comer, nomás. Y total, igual se puede tomar el vinito en la pieza.

Entre él y la regenta se interpuso una chiquilla muy menor.

—Lo podemos llevar al velador, y también unas cositas ricas como a usted parece que le gustan. —La mujer, de falda corta afelpada *beige* con ribetes de cuero brillante, y grandes pechos apenas domados por un sujetador rojo, puso sus dedos índices en estos, indicando una invitación que pensó sería difícil de rechazar.

El hombre echó una mirada rápida al conjunto, sorprendido al ver un rostro nuevo. Aunque exuberante en su presentación, le agradó que se viera tan joven. Eso parecía justificar su pelo bañado en bronce con un mechón verde que le caía sobre los ojos, igual que el exceso de maquillaje en los ojos, del mismo color, con líneas negras, y una gran cantidad de colorete en las mejillas.

—Y usted, mi linda muchacha, ¿de dónde salió?

—Bueno, don Juanito, como puede ver, estamos en renovación, ja, ja, ja, ja.

Él giró la cabeza y enfocó sin dificultad a la dueña del lugar. Como de costumbre, vestía con elegancia y para la edad que tenía, cercana a los sesenta, su cara lucía fresca, sin excesos de pintura.

—Usted tan contenta como siempre, doña Mercedes, así da gusto venir… Ya quisiera yo que se animara un poquito y se entusiasmara con recuperar conmigo el tiempo perdido… Si lo ha perdido alguna vez, por supuesto. —Mientras mostraba unos grandes dientes amarillentos, por efecto tanto de la edad como del tabaco, sus verdes ojos brillaban bajo el rayo que atravesando uno de los ventanucos, lo agredía.

—Es usted muy galante, don Juan, pero ya sabe que desde hace tiempo no estoy para estos trotes; para eso tiene aquí una montonera de chiquillas que, por lo demás, como puede ver, son harto más atractivas que yo, y hoy están bastante desocupadas. Total, el buenmozo de su hijo se ha retirado y Margarita se encargará de que el entusiasmo le dure un rato largo. Así que usted no tendrá que darle explicaciones a nadie. —Volvió a reír, desplegando aún más alegría.

—Ya, anímese, a ver si nos vamos conociendo un poquito más, pues doña. Ya que me está tratando de entusiasmar…

—Pero aquí estoy yo, que soy nuevita; perdone la insistencia, pero…

—Harto entradora en confianza para ser tan nueva, ¿no?

—Bueno, caballero, así no más son las cosas, ¿no ve que tengo que demostrarle a la señora que no se equivocó conmigo? Mire que harto me costó que me trajera.

—Ya, chiquilla, no me satures más al caballero, que se nos va a arrancar corriendo… A ver, ¿cuál de ustedes se va a animar para convencérmelo?

—¿Ve, caballero, que me está dejando remal haciéndose de rogar? ¿Acaso me va a decir que no le gusto? —Se agachó haciendo una coqueta reverencia y su diminuto calzón rojo se reflejó en el espejo del fondo.

—Ya, chiquilla, déjalo en paz… No sé en qué momento esta cabra chica me convenció de traerla.

—Ya, vamos nomás. —Sin esperar respuesta, le tomó la mano y comenzó a caminar como si tirara de la soga con que había laceado un borrego.

Mercedes los vio desaparecer bajo el dintel del pasillo y afirmó con varios movimientos lentos de cabeza.

VI

Margarita era casi dos años menor que Pedro, pero su historial y la confianza en sí misma que había desarrollado, además del limitado desplante de él, le permitían superarlo con creces en carácter y personalidad. Proveniente de un hogar sin padre, en la ciudad de Santiago, su mamá se había prostituido desde muy niña y se vanagloriaba de contar con una soltería que le permitía ejercer su profesión, que practicaba sin tapujos en presencia de la niña, incluso utilizándola en ocasiones, como lo había hecho la suya. Sin embargo, sus depravadas prácticas se vieron truncadas por causa de uno de los clientes que más la frecuentaba, a quien la Policía de Investigaciones seguía desde hacía tiempo por microtráfico. Una tarde, mientras la mamá de Margarita satisfacía las pervertidas necesidades de otro de sus clientes, que incluían a la pequeña en un depravado trío, de pronto se dejaron escuchar tres golpes en la puerta, tan fuertes, que pareció que la fueran a echar abajo.

Como demoró en responder al alarmante llamado, la puerta fue abierta con violencia, y un grupo de hombres ingresó sin pedir permiso.

La mujer apenas había alcanzado a ponerse una bata semitransparente, el hombre veía atónito lo que estaba sucediendo y la niña se encontraba acurrucada en un rincón.

Era un grupo de detectives que caía de improviso en su casa, para allanarla debido a una redada.

Mientras dos de ellos apuntaban a la pareja y otro cogía a la niña de la mano para sacarla del lugar, tres más abrían cajones y puertas, sin pronunciar palabra alguna: con rapidez descubrieron varias bolsas de marihuana y algunos papelillos de cocaína.

Descubierto el delito flagrante, la detención fue inmediata, así como los cargos que les señalaron: tráfico de drogas, prostitución y abuso sexual de menores.

Los adultos fueron conducidos a un cuartel y la pequeña, ante la inminencia de un proceso que sin duda llevaría a la madre tras las rejas, derivada al tribunal de menores. Siguiendo el protocolo, la jueza no dudó en mandarla a una casa dependiente del Servicio Nacional de Menores, institución estatal que, se suponía, atendía y protegía a niños, niñas y adolescentes cuyos derechos no eran respetados en sus hogares, y a los jóvenes que, siendo menores de edad, habían cometido algún delito.

Sin embargo, lejos de aquellos nobles supuestos, en la práctica, al interior de muchos de dichos centros, la realidad era perversamente diferente. En el que recibió a Margarita, la promiscuidad con que había vivido en su hogar se vio aumentada en forma considerable. Su estadía allí, lejos de obedecer a principios valóricos hacia las buenas costumbres, se transformó en un transitar por oscuros callejones. Con desconocimiento absoluto de aquella patética realidad y sin ánimo de fiscalizar, menos de investigar al respecto, las autoridades la dejaron a cargo de personas que carecían por completo de escrúpulos. Allí fue víctima de diversos tipos de abuso, no solo por las cuidadoras, sino también a manos de sus propias compañeras, quienes, además, por no existir una clasificación adecuada de edades y motivos para estar ahí, la sometían a sus arbitrios y le enseñaron muchas malas costumbres practicadas en el bajo mundo, que hasta entonces desconocía. Por otra parte, los adultos que visitaban a las internas con la supuesta finalidad de acercarlas a Dios y enseñarles comportamientos adecuados, también abusaban de ellas, sicológica y físicamente, incluidas algunas actividades relacionadas con lo sexual, encubiertos de manera escandalosa por sus hábitos religiosos y la desidia de las cuidadoras del recinto en el mejor de los casos, porque lo frecuente era que los favores corrieran desbocados como liebres tras una zanahoria.

Como la rutina diaria incluía un régimen de estudios con asistencia a establecimientos educacionales externos, no demoró en conocer métodos para escapar con facilidad. Lo hizo decenas de veces y la libertad le permitía vagar por las calles en busca de un dinero fácil; aquello le resultaba mucho más atractivo que la obligación de tener que aceptar las vejaciones recibidas en el hogar. Así comenzó a quedarse por las noches afuera, recibiendo a su regreso castigos vejatorios que terminaron por conducirla un lunes a salir supuestamente con dirección a la escuela y no regresar. Ocurrió a comienzos del verano, cuando el clima le permitía guarecerse bajo el cemento de un puente o a orillas del metrotrén a Rancagua. Durante el día descansaba y por las tardes se introducía en la vorágine del centro de la ciudad, donde atendía a caballeros oficinistas que requerían de servicios sexuales torcidos. Allí, en lugares sucios y hediondos por los cuales no circulaba gente, hizo de todo para saciar esas sucias necesidades. Clientes le sobraban, pues al igual que otras muchachas de su edad en condiciones similares, cobraba cifras, más que módicas, lamentables. A la vez, en los lugares donde se instalaba para pernoctar, era bien recibida por hombres que la aceptaban con algunas concesiones propias de sus costumbres. Aunque no todos vivían solos. Muchas veces debió arrancar correteada por alguna mujer que se veía afectada al percibir los temblores que la niña producía en su pareja. La persiguieron cuchillo en mano, incluso, más de una vez, enseñándole una botella reventada a la mitad con sus astillas de vidrio a la vista.

Entrado el otoño, cuando el frío comenzó a hacerse sentir, sobre todo por las noches, cayó en manos de un proxeneta que, convencido de haberla rescatado de las fauces del peligroso invierno, la prostituyó en forma sistematizada, brindándole dinero suficiente para vivir en un cuarto y comer con decencia, sin rendir cuentas más que a él, quien, a cambio de la parte de sus ingresos que debía darle por protección, y algunos favores de esos que para ella resultaban naturales, la dejaba en paz. Pero trabajar en la calle comenzó a resultarle inviable. En las cada vez más heladas noches, no dejaba de pensar que la suya no era vida. Entonces, una mañana, abandonó la pieza donde pernoctaba, decidida a nunca volver. Para entonces, a poco de cumplir los catorce años, se dejó caer en un prostíbulo, donde la regenta la acogió sin más condiciones que la disposición a atender bien a los clientes. Allí, durante dos años, aprendió a nadar por corrientes recargadas de más abusos, vicios y maldad, hasta que una señora conocida de la dueña, con quien hacía negocios, todos de dudosa naturaleza, se la llevó. Las promesas de su nueva jefa la convencieron con rapidez. Lo que más la entusiasmó fue que viviría en un pueblo tranquilo, internado en la cordillera de los Andes en la región de la

Araucanía, al que concurrían a saciar sus necesidades señores destacados de Temuco, la ciudad importante más cercana. Nunca entendió qué negocio o situación entre las dos
mujeres, había permitido que la dueña del prostíbulo en la
capital la dejara partir.

En la entrevista con la posible nueva regenta, cuando
le preguntó la edad, respondió con desplante que tenía
dieciocho años y estaba cercana a cumplir los diecinueve.
Doña Mercedes, entusiasmada con la chiquilla, consideró
que su manera de ser, el desarrollo de su cuerpo y las pro-
tuberantes curvas con que contaba, eran la mejor prueba de
que no mentía. Y esta no sería la primera vez que se pusiera
quisquillosa al respecto. Si ella lo decía, ¿por qué no creerle?
¿Por qué la iba a contradecir?

VII

Apenas la vio tras el hombro de su padre, aquel caluroso mediodía, Pedro cayó rendido ante los encantos exhibidos por Margarita, fascinado por esa extroversión y la seguridad que contrastaban con su retraimiento.

Después de aquel impactante primer encuentro íntimo con una mujer, manejado con maestría por Margarita, Pedro abandonó la casona con una sonrisa estampada en el rostro, lo que llenó de orgullo a su padre, convencido de que la iniciación había sido un completo éxito.

El muchacho anduvo el resto del día embobado pensando no más que en aquella chiquilla, toda una revelación, reviviendo cada instante, sobrecogido por la delicadeza de sus movimientos y el afecto desplegado en todo momento. La recordó sonriendo mientras dejaba caer su falda, sus pies pálidos al retirarla. Sus movimientos repletos de gracia y esa gordura incipiente que, lejos de incomodarle, contribuía a despertar esos deseos que venían acompañándolo de un tiempo a la fecha, provocando una serie de sensaciones entre las cuales destacaba el desconcierto. Algo extraño a sus veintidós años, pero explicable, pues desde su viudez, su padre lo había sobreprotegido en exceso, incluso permitiéndole dejar de asistir a la escuela cuando quería. Eso tampoco era tan raro, pues a la muerte del suyo, con poco más de catorce años, debió hacerse cargo de la hacienda; leía con dificultad, su escritura era básica y apenas manejaba las cuatro operaciones aritméticas. Pero con ingenio y mucho trabajo, superó todas las barreras que encontró en el camino; así, con el tiempo, logró hacerse de una abultada fortuna.

A Margarita, esa extraña condición de inocencia expresada por Pedro, lejos de incomodarle, le produjo una atractiva sensación; en parte, porque pensó que, si continuaba yendo a verla y ella lograba encantarle, la relación podría acarrearle muchos dividendos.

Cuando salieron de la habitación, luego de cruzar el salón hasta donde esperaba el padre, sorprendido por la demora, aunque al mismo tiempo satisfecho, se despidieron y Margarita los acompañó hasta la puerta. Mientras desaparecían, percibió una extraña combinación de lástima y algo que confundió con una deliciosa sensación maternal.

Al día siguiente, Pedro preguntó a su padre cuándo volverían a visitar aquella casa.

Él lo observó de reojo y de inmediato giró la cabeza para enfocarlo. No pudo evitar que se le escapara una sonrisa socarrona.

—¿No crees que es un tanto prematuro pensar de nuevo en eso?

—Bueno, la idea de ir fue suya, y me gustó… Quisiera volver… Quiero ver a Margarita.

Juan pasó una mano por su brillante pelo engominado peinado hacia atrás, mientras se preguntaba cómo enfrentar de manera adecuada aquella situación. Una cosa era que a su hijo le hubiera gustado la experiencia, pero otra muy diferente, que Margarita le encantara al punto de hacerlo perder el sueño; una puta, por recatada que fuera en su presentación, sin duda, no era la mejor compañía. A su hijo le faltaba tener amistades y en particular amigas. "Pero una mujer de esas, con origen desconocido y quizá qué malas costumbres, no es la solución". Sin embargo, esos pensamientos contravenían el hecho de que era un muchacho muy solo: sin una madre que lo cobijara ni hermanos que hicieran de la casa un lugar bullicioso.

Esa última idea quedó rondando su cabeza: "Tal vez la muchacha pudiera ser algo así como una amiga, aunque solo algo así... Con ella podría descargar su libido... y algunas de sus emociones; también podría conversar un poco... pero por supuesto tendría que ser con restricciones; demasiada amistad, sin duda, sería peligrosa...". De inmediato, reconsideró respecto a lo inapropiado de aquello: era puta, de modo que no le serviría de compañera ni nada que se le pareciera, y su hijo no tenía la capacidad para discernir sobre lo que le convenía; de hecho, había caído rendido, listo para ser servido en una bandeja. Ella debía continuar siendo lo que era, y él ya encontraría una similar a su condición con quien avenirse.

—¿Y?

Pedro no era de muchas palabras, tampoco dado a insistir, por lo cual aquella conjunción repleta de expectativas brillándole en la cara, llamó su atención.

—Está bien, hijo, ya lo veremos.

Lo normal hubiera sido que Pedro diera media vuelta y abandonara con la cabeza gacha y paso cansino el estudio, y después olvidara el incidente como si nunca hubiera existido, pero nuevamente sorprendió a su padre al mantenerse clavado en la misma posición.

—He dicho que ya lo veremos, hijo, más adelante.

—Pero yo no quiero que sea más adelante, papá, quiero que sea hoy.

—Pero si acabamos de ir ayer.

—Sí, pero hoy es otro día y yo quiero ir de nuevo.

—Mira, Pedro... —Buscó con rapidez en su repertorio qué palabras usar. Debía ser claro y mantenerse firme, al mismo tiempo mostrarse locuaz, acogedor y comprensivo—. Sé que te gustó lo de ayer y me alegro, por lo que no hay nada de malo en que lo repitamos de vez en cuando, pero no debes hacer de esto un hábito. La muchacha esa es encantadora, lo sé, pero es una... —Prefirió no terminar la frase. Claramente la mujer había impresionado a su hijo y él podría tomar sus palabras como una ofensa.

—Pero yo quiero ir, papá, quiero ir a verla. Porque Margarita es muy bonita, es suave... —Visualizó el diminuto vestido verde agua deslizándose con lentitud sobre su piel hasta esconder los pies. Luego estos descubiertos—. Y me quiere mucho. Y me hace cariño...

Juan se acercó y posando su brazo en los hombros de su hijo, caminó con lentitud conduciéndolo hacia la puerta.

—Ahora tengo que ir a la ciudad, debo hacer una diligencia urgente en el banco y después reunirme con un cliente... Como vez, tengo mucho que hacer. Cuando regrese, podremos continuar con esta interesante conversación... A todo esto, he estado pensando en que podrías ayudarme haciendo un poco más de lo que haces...

—¿Más de lo que hago?

Juan dejó que una amplia sonrisa iluminara su rostro. Hizo un esfuerzo para que pareciera cálida y dejó pasar unos instantes para que su hijo no se revelara ante aquel abrupto cambio de ideas.

—Sí, más de lo que haces. Tal vez sea hora de que comience a darte más obligaciones en el trabajo, entiendo que ayudarme solo en hacer algunos trámites puede ser aburrido. Yo empecé a trabajar ayudando a tu abuelo desde muy niño, y como sabes, me hice cargo de todo con apenas catorce años; y por supuesto, no quise eso para ti, pero veo que no te gusta estudiar, y lo acepto, porque sé que te cuesta mucho; entiendo que no te guste, pero también creo que te he mimado demasiado; bueno, ocurrió lo de tu madre y… y bueno, tú sabes…

Pedro lo observaba sin articular palabra. Hacía un gran esfuerzo por asimilar toda la información que su padre le estaba entregando.

—Con la edad que tienes, deberías tener más responsabilidades. Es algo de lo que creo, debiéramos hablar con más seriedad… Bueno, claro que ahora no es el momento, pero habrá tiempo. Por mientras, considéralo. Piensa en qué bueno sería para ti trabajar más tiempo conmigo. —Le dio dos cariñosas palmadas en la espalda y se dispuso a abandonar la sala.

Pedro corrió un poco el cuerpo, entorpeciendo su salida.

—¿Y Margarita?

—Ah, sí, sobre eso… —Durante algunos segundos se mantuvo en silencio—. Sobre eso, digo, tal como te dije, seguiremos conversando en los próximos días, ¿te parece? Verás que esto que sientes se te irá pasando.

Pedro no agachó la cabeza ni se dirigió al jardín, como solía hacer cuando algo lo atormentaba. La vegetación y los pájaros lo tranquilizaban. El aroma de las flores, las aves yendo de una rama en otra y de pronto alzando un vuelo que parecía improvisado… En esta ocasión la idea de Margarita, clavada en su mente, era demasiado potente; cerró los ojos y se llenó de fuerzas para enfrentar a su padre, pero esos instantes fueron más largos de lo que percibió. Junto con abrirlos realizó un gesto con la boca para dejar salir su artillería, pero debió contenerse: Juan había aprovechado aquel lapsus para desaparecer. Así las cosas, no le quedó más remedio que retomar su acostumbrada rutina y salir al jardín; sin embargo, en lugar de abstraerse en el magnífico colorido, la música proveniente de los árboles y el envolvente aroma a vegetación, no hizo más que elucubrar sobre cuáles debían ser sus próximos pasos. Pensó que le hubiera gustado refugiarse en la montaña, en la cueva, ese lugar hermoso y oculto que había descubierto junto a su padre. Pero estaba demasiado lejos de Margarita y eso inhibía por completo aquella maravillosa idea.

VIII

Estuvo parado en la acera, frente al portón de entrada, durante una larga media hora. Por fin, decidió cruzar la calle y presionar el botón del timbre.

—¡Miren a quién tenemos aquí! ¡Pero si es el mismísimo Pedrito...! Hola, Pedro, ¿cómo estás?

Pedro se alegró de que fuera Margarita quien abría. Sin saber qué hacer, se quedó de pie, mirándola con una expresión bobalicona marcada en la sonrisa.

—Pero pasa, pasa, no te quedes así, como si estuvieras viendo a un fantasma.

—Ya sé que no eres un fantasma.

—Sí, sé que sabes que no soy un fantasma. Pero pasa, pasa. —Rio con fingida suavidad mientras experimentaba una pequeña sensación de triunfo correr por sus venas. A pesar de su marcada inocencia, reconoció que era atractivo. Pensó que aquellas dos características combinaban de maravilla con que tuviera sus cosas muy bien puestas, según había podido comprobar; y a eso se sumaba que, siendo hijo del viejo Juan, sin duda era un muy buen partido, idea con que se había dormido, aunque temiendo que no fuera más que un sueño. "Porque el viejo jamás me aceptaría como parte de su familia. Pero como soñar es gratis...".

—Quería verte, Margarita.

Lo observó por unos segundos, en silencio, mientras salía de su trance.

—Quería verte. —La miraba directo a los ojos.

—Sí, ya me lo dijiste, está bien... está muy bien; ven por aquí, conversaremos un rato. —Tomó su mano y, a la vista de todos quienes andaban por ahí, casi puras mujeres en espera de que algún zorzal se arrimara a su ventana, cruzaron el salón y entraron al pasillo que conducía hasta la habitación en que el día anterior le había enseñado a cómo convertirse en hombre. Sin mediar palabra, cerró con suavidad la puerta.

Pedro observó los mismos detalles con una decoración sencilla: la pared a su izquierda con dos pequeños paisajes recubiertos con vidrio sin marco, un espejo angosto en la del frente, y en la otra una ventana dibujada sobre una gran cartulina que no demoró en señalar con su dedo índice.

—Aquí falta una de verdad.

Había, también, una silla huacha en el rincón y, de espaldas a la pared de los cuadros, descansaba la cama acompañada de una mesita velador... De pronto, notó una diferencia con el día anterior: ella no se había sacado la falda. Se quedó mirándola. Su postura delataba sus intenciones.

—¿Traes dinero?

Pedro la observó con una marcada expresión de curiosidad en el rostro, que a ella hizo gracia y la motivó a reír con suavidad. Pasados algunos segundos, él introdujo la mano al bolsillo y sonrosándose, exhibió unas monedas.

—Son para comprar un helado... pero no te preocupes —metió la mano al otro bolsillo—, me alcanza para invitarte.

—No, hermosura, no me refiero a eso...

Él la observaba con un nuevo dejo de curiosidad en el rostro.

—Mira, Pedro, aquí en este lugar se necesita dinero, si no yo no puedo... ¿Te acuerdas de la señora Mercedes? Bueno, ella exige dinero para que hagamos lo que tú quieres hacer.

—No entiendo, ¿por qué dinero?

—A ver, veámoslo así: ¿sabes para qué sirve el dinero? Él sonrió.

—Sí, por supuesto que lo sé, para comprar.

—¿Ves? Es fácil, ¿no?

—Pero no entiendo, ¿qué necesitamos comprar aquí?

Margarita se mantuvo en silencio durante algunos segundos, sopesando si valía la pena alimentar aquella conversación, que, aunque divertida, era estúpida y le estaba robando su preciado tiempo; sin embargo, pesó más el hecho de que la condición de aquel muchacho, que a todas luces se había enganchado de ella, podía ser de mucha ayuda para que sus planes fueran más allá de un maldito sueño. "Tal vez, si los astros se cargan a mi favor...". Animada por su propia vehemencia, decidió tener paciencia y continuar con aquel juego.

—Mira, Pedrito, tú me caes muy bien, me gustas mucho, eres lindo y muy bueno, pero aquí, en este lugar, para que hagamos lo que tú quieres hacer, eso no es suficiente.

—No, claro, pero tú también me gustas mucho, también eres linda y también muy buena, así que no veo cuál pueda ser el problema.

—Mira, Pedrito, es que... necesitamos dinero. Tienes que traer dinero. Si no, no podemos.

—Ya, pero no entiendo para qué; el otro día, cuando vine con mi papá, tampoco tenía...

—Pero él sí, preciosura, él tenía harto dinero para darle a la señora Mercedes. Nosotros también tenemos que darle platita a la señora.

—¿Y cuánto necesitamos darle a esa señora? —Su cara representaba toda la molestia que se estaba anidando en su interior.

—¿Ves que sí vas entendiendo? Si eres muy inteligente…

Pedro relajó un tanto sus facciones y las arrugas en la frente desparecieron.

—Con diez mil cada vez que vengas, estaremos bien; ocho mil para ella, y los otros dos, bueno, esos serían para mí. —Sorprendida, notó que su cara ardía, fiel muestra de que había enrojecido—. Bueno, a veces, con ocho mil bastaría.

—Ya, y ahora que me lo has dicho, ¿lo podemos hacer?

—Pero no me has traído los diez mil.

Pedro negó tres veces con la cabeza.

—Ni los ocho… Tienes que traerlos. Entonces podremos hacer lo que quieres… Claro que por un ratito nomás, ¿comprendes? Y ahora tendrás que irte, porque a la señora Mercedes le parecerá muy raro que nos demoremos tanto y después yo no le dé nada. Todavía estoy a tiempo de poder explicarle… Y ella no fía. Nunca fía a nadie. —Caminó hacia la puerta, pero él no la siguió—. Ay, Pedro, no sé qué haré contigo. Tienes que irte.

—…

—Está bien, por esta vez, yo pagaré; total, en algo que ocupe la plata… Creo que me estoy volviendo loca, pero todo sea por tu padre, que bastante generoso ha sido siempre con nosotras… Y un poquito por ti también, que, a pesar de tu inocencia, sabes hacer unas cositas muy ricas… Y tal vez sea por eso último. —Arqueó su enorme boca y dejó salir un ruido suave, mientras guardaba para sí la otra razón, la más importante: "Espero no estar haciéndome demasiadas ilusiones con este pendejo".

Pedro mantenía su postura inmóvil. De pronto, vio que las manos de Margarita cobraban vida. Accionaron la cremallera, la falda resbaló por sus piernas y cubrió los pies pálidos como pancutras.

IX

Esa noche, a Pedro le costó conciliar el sueño. Recordar a Margarita lo ponía aún más ansioso que antes, antojado de ella como si fuera un pastel de lúcuma, crema y manjar. Incluso con más ganas. Aquella idea lo obligó a soltar una risa que apagó con la mano, experimentando un cosquilleo en el estómago. La rememoró en la cama. Sus diversas posturas y repetidos quejidos, en un juego que se le hacía fascinante; contento, además, por haber aprendido muy pronto a participar, incluso en ocasiones llevaba la iniciativa, lo que según ella decía, le gustaba mucho. Le pareció escuchar esos gemidos muy divertidos que emitía y él aprendió a imitar con rapidez. También había registrado los ruidos que hacía el colchón como si llevara el compás; era divertidísimo… Levantó el cuerpo y lo dejó caer varias veces, a ver si los escuchaba de nuevo. Pero nada. Echó de menos con mayor intensidad a Margarita. De pronto, nuevos pensamientos que ingresaron a su mente tensaron los músculos de su rostro y adquirió una expresión de seriedad. Se acordó con nitidez de la conversación sostenida antes de abandonar aquel paraíso.

—¿Entendiste lo de la plata? Mira que ahora voy a tener que ponerme yo con los ocho mil, así que cuando vengas de nuevo…

—¿Mañana?

—Sí, está bien, mañana…

Él sonrió complacido y la observó continuar.

—Pero recuerda que tendrás que traer plata, ¿has entendido?

Él no negó ni afirmó. Solo mantuvo la mirada sobre ella.

—Mira, Pedro, a ver cómo te lo explico. —Margarita no quería herir sus sentimientos ni matar su inocencia insistiendo en que lo suyo era un trabajo; por otra parte, le costaba ocultar la molestia que le producía que un tipo de su edad no entendiera algo tan básico—. A la señora Mercedes hay que pagarle, porque estamos ocupando un lugar de su casa, ¿entiendes?

Esta vez dejó que su cabeza dijera sí.

—Entiendo, Margarita, solo que no sé de dónde sacar tanto dinero.

—Vamos bien, al menos estás entendiendo de qué se trata. —Entornó los ojos y tensó la mandíbula, que tomó un aspecto más quebrado de lo normal—. Yo, por mi parte, necesito estar limpiecita, y para eso tengo que comprar jabón y pagar el agua, ¿entiendes? —Se sintió estúpida dando ese tipo de explicaciones—. Y necesito alimentarme para no morirme de hambre, si no, no podría hacer contigo lo que hacemos… Y todo eso me lo cobran… ¡Uf, no puedo creer que esté diciéndote estas idioteces!

—Está bien, si no soy tan tonto; entiendo que tengamos que pagar por el espacio que utilizamos para estar juntos y que debes solventar algunos gastos para vivir, y también que, si no te ayudo, ¿quién lo hará? Pero sabes que no tengo lo suficiente. Nunca he necesitado más que las pocas monedas que me da mi padre… ¿Y si le pido que te ayude? —De inmediato sopesó que se había mostrado muy reticente a que fuera tan seguido a verla, por lo cual no le facilitaría el dinero, aunque podría intentarlo, pero si lo hacía, tal vez ya nunca quisiera darle, entonces ir a verla se le haría mucho más difícil—. Pero ocho mil es mucho.

Margarita lo observó con cara socarrona.

—Diez mil, Pedrito, diez mil… De vez en cuando podrían ser ocho, pero recuerda que yo también necesito que me quede algo. Tú eres muy inteligente, así que ya verás la forma de conseguirlo. Si quieres estar conmigo… ¿permitirías que por estar contigo me muriera de hambre?

—¡No, Margarita, por supuesto que no!

—¿Entonces? —Acarició su rostro con las dos manos y lo besó con extremada suavidad, dejando sus labios unidos durante varios segundos.

Con la mirada fija en el cielo, Pedro regresó al presente y continuó tratando de encontrar alguna solución para un problema que por ningún lado parecía tenerla. Se durmió pensando en lo miserables que resultaban las pocas monedas que solía manejar en sus bolsillos.

Apenas despertó fue atacado por la monstruosa idea de tener que dejar de ver a Margarita, pero de inmediato se dijo que no estaba dispuesto a ser vencido por la situación, por muy difícil que pareciera encontrar una solución. Lo embargó una rabia casi incontenible hacia su padre. ¿Quién se imaginaba que era? ¿Por qué no quería apoyarlo? ¿Por qué era tan malo? ¿Para qué lo había llevado a aquel lugar si después no lo ayudaría a seguir yendo?

Mientras se levantaba, todos sus pensamientos estaban enfocados en cómo hacer para verla, porque martillaba en su cabeza la idea de que no podía llegar sin el dinero. Ella necesitaba alimentarse y tener un techo bajo el cual vivir, además, para ocupar el cuarto y amarse, debían pagar. Las cifras de diez mil y ocho mil giraban sin compasión en su atribulada mente.

De repente, un mágico espacio de lucidez dejó aparecer una posible solución. Pero era demasiado arriesgada y consideró desecharla; sin embargo, era tal su angustia, que se permitió masticarla y, a medida que pasaban los segundos, le fue pareciendo que podía dar buenos resultados y, junto con ello, estaría ante una forma eficaz de hacer justicia, porque era su propio padre quien lo había involucrado en aquel lío.

Cuando escuchó que su padre bajaba a desayunar, fue hasta su cuarto y, trajinando en el clóset, aquella arriesgada iniciativa derivó en un sorprendente hallazgo: en el bolsillo exterior de una de las chaquetas colgadas, tocó un paquete. Al extraerlo, sus ojos casi se desorbitaron: en su mano pudo observar un abultado fajo de billetes. Esbozó una sonrisa triunfal y, sin perder más tiempo, sacó uno de diez mil pesos. Supuso que ese modesto faltante no llamaría la atención de su padre. "Si no se da cuenta, mañana vendré por más".

Con aquel tesoro en el bolsillo de sus pantalones, regresó a su dormitorio y de inmediato entró al baño. Cuando bajó al comedor, su padre había salido. Luego de un abundante desayuno, también salió de la casa y se dirigió silbando a donde vivía Margarita. Caminó por la alameda que ofrecía un techo dorado, pisando la gran cantidad de hojas que producto del otoño adelantado y el viento, tapizaban el suelo. Continuó por una angosta senda, por la cual con dificultad podría transitar un caballo y, en poco más de diez minutos, divisó la ancha calle principal. Su destino estaba al otro lado del pueblo, pero como era pequeño, en no más de otros veinte minutos se encontró frente a la ancha puerta azul, adornada en la parte superior con un farol de tenue luz amarilla, prendido a pesar de la hora. Esta vez no esperó antes de tocar el timbre.

Sus ojos fijos en la ventanilla la vieron abrirse. Distinguió la cara de una mujer. Sus ansias aumentaron al percatarse de que no era quien esperaba.

—¿Diga?

—Busco a Margarita.

—Espérame un poco, voy a ver, aunque creo que salió.

Al poco rato, el ventanuco se volvió a abrir.

—No está la Margarita y nadie sabe a dónde fue ni a qué hora regresará.

Volvió a cerrarse. Pedro se quedó mirándola con una insoportable sensación de vacío. Tragó saliva varias veces, cruzó la calle y se sentó en la cuneta a pensar en qué debía hacer.

Al rato se paró, volvió a la puerta y apretó el timbre.

—¿Diga?

—¿Está Margarita?

—No, no… Ah, pero si eres tú de nuevo. Pero ¿no te dije que no estaba?

—Sí, pero… quisiera esperarla; ¿puedo esperarla adentro?

—Pero como te dije, nadie sabe a qué hora volverá.

—No importa, quiero esperarla.

—Capaz que ni vuelva…

—Soy Pedro, el hijo de don Juan.

—Sí, sé a la perfección quién eres… Y está bien, si quieres pasa.

Un chirrido indicó que la puerta comenzaba a abrirse.

Pedro esperó con impaciencia a que la abertura le permitiera ingresar.

—Adelante, Pedro, pasa.

—Gracias. —Siguió a la mujer hasta el salón y la observó acercarse a Mercedes, quien luego de escuchar fue hasta donde él estaba.

—Hola, Pedro.

—Hola, señora.

—Has venido solo, veo. Igual que el otro día…

—Sí, mi padre no vino, no está de acuerdo con que yo venga tanto.

—El muy pillo de tu padre… Veo que te gusta la Margarita.

—Sí, señora, me gusta mucho.

—Bien, bien, a pesar de lo que diga tu papá, eso está muy bien. Porque tú también le gustas a ella, ¿sabías…? Pero claro que lo sabes, aunque ahora no está, y nadie sabe a qué hora volverá. —Una expresión socarrona se apoderó de su rostro—. Y ya que estás aquí, y me imagino que andas muy necesitado…

—¿Necesitado?

—Necesitado… quiero decir apurado, o sea tú sabes pues niño, cosas de hombres… —Apenas dejó la frase inconclusa, le guiñó un ojo—. Bueno, no importa, como sea; lo que quiero decir es que como puedes ver, aquí hay hartas otras niñas que podrían quitarte esas ganas que traes puestas; ¡mira!, y toditas desocupadas, y son muy guapas. Por eso tu padre nos visita de vez en cuando; ¿sabías que este lugar es el más prestigiado de la comarca?

—No, no lo sabía. Pero a mí me gusta.

—Sí, veo que te sientes muy a gusto aquí.

—Me gusta mucho.

—Entonces, ¿quieres conversar con alguna de ellas? Y podrían hacer otras cositas, también.

—No, señora, muchas gracias, prefiero esperar a Margarita.

—Pero como te dije, nadie sabe cuánto puede demorar. Anda, anímate, si ella no se enojará porque estés con una de sus compañeras. Por el contrario, es una niña muy generosa. Y esa compañera, a la que elijas, sabrá ponerte igual de contento.

—No me importa que se demore. Prefiero esperar, si a usted no le incomoda.

—No, no, por favor, qué va, cómo se te ocurre que me va a incomodar. Así que no hay problema, siéntate por ahí y la puedes esperar todo lo que quieras.

X

Margarita recibió los diez mil pesos y se quedó mirando a Pedro con curiosidad.

—¿De dónde los sacaste?

—Te esperé casi todo el día.

—Sí, lo sé, y me halagas, pero dime: ¿de dónde sacaste esta plata?

—Y te demoraste mucho en llegar.

—Tenía cosas que hacer. Pero no has respondido a mi pregunta, Pedro, ¿me estás oyendo?

—…

—Sé que quieres estar conmigo, pero antes debes decirme de dónde sacaste la plata.

—Mi papá...

—¿Él te la dio? No lo puedo creer... ¿Sabes? No te creo.

—Mi papá no me la dio, se la saqué.

—¡A escondidas!

—¿No te enojarás conmigo?

—No, niño, cómo se te puede ocurrir que me voy a enojar por eso. Si lo que quieres hacer es estar conmigo, entonces estuvo muy bien lo que hiciste... Ven, vamos a la cama. Después me contarás los detalles. —Reía. Le tomó la mano y dos pasos después, se dejó caer sobre el edredón.

—Ven, vamos, no perdamos más tiempo, total hoy no pensaba trabajar.

—Qué bueno, así podrás estar conmigo harto rato.

—Bueno, en todo caso, no tanto, porque también tengo que dormir, ¿no crees? Y tú, supongo que tendrás que llegar a cenar a tu casa… —Pensó en su regenta. "Y me saldría un poquito caro…"—. Pero está bien, puedes quedarte una hora completa. Pero después tendrás que irte, ¿de acuerdo?

—…

—Pero ven, que el reloj está corriendo. —Imaginó a Mercedes mirando el suyo—. Esta vez tú deberás desvestirme. —Apoyaba los codos en la gruesa y colorida tela que cubría la cama, sostenía la espalda arqueada en el aire, la cabeza permanecía echada hacia atrás con el pelo rubio sobre brillantes flores rojas, dejando ver su cuello estirado al máximo—. Ven, bésame aquí… Comencemos, vamos despacito. —Continuaba riendo y, de pronto, dejó salir una carcajada.

Esa expresión sonora ya no lo asustaba, más bien le gustaba.

Luego de varios encuentros, cuando quedaron de espaldas con sus miradas dirigidas al techo, Margarita no pudo dejar de expresar en palabras lo que en parte justificaba su excelente disposición.

—Debo reconocer que eres una fiera. No sé cómo lo haces, pero rompes todos mis esquemas. No hay otro igual a ti.

—…

—Y ahora que estás más tranquilito, tú y yo vamos a conversar. Pero no aquí, sino en el salón; allí buscaremos un rinconcito, porque de lo contrario, si continuamos aquí, la señora capaz que me cobre el doble. Así que, por favor, vístete.

—¿Tan pronto?

—Pedro, por favor, vístete, necesito que conversemos.

—Está bien, como digas, pero por mí no me iría de aquí jamás.

—Lo sé, lo sé, pero no te irás, seguiremos juntitos, pero allá en el salón, así que, por favor, obedéceme, sino no podrás estar conmigo de nuevo. Tienes que hacerme caso, ¿de acuerdo?

—Está bien, lo que tú digas… Lo que tú dices siempre está bien.

Apenas estuvieron vestidos, cogió su mano y lo guio por el pasillo.

—Ven, sentémonos por aquí. Pero vamos a tener que consumir algo; supongo que no traes más dinero, ¿no?

Pedro sacó de su bolsillo unas monedas.

Ella sonrió.

—Está bien, no te preocupes, guarda eso… Podrás tomar un helado después. Yo pagaré esta vez. —"Que sea a cuenta de mis futuros ingresos…"—. Pero no te malacostumbres, ¿de acuerdo…? Pediremos un par de cortitos, el pisco es más barato, así que serán de pisco. —Sin esperar a recibir una respuesta, se paró y fue hasta la barra. Al poco rato regresó con una bandeja larga y angosta conteniendo los dos vasos y un pequeño pocillo repleto de maní.

—Toma, aquí tienes el tuyo, ¡bebamos!...

Hicieron un rápido brindis y tomaron un corto sorbo. Era evidente que él no estaba acostumbrado a ingerir licor.

—Preferiría una Coca-Cola.

—Pero si te traje ese cortito con tanto cariño; ¿me ofenderás rechazándolo?

—No, está bien, todo sea por verte contenta.

—Así está mejor, y ahora, cuéntame.

—¿…?

—No pongas esa cara. Cuéntame sobre eso, pues, cómo conseguiste los diez mil.

—Los saqué de una chaqueta que guardaba mi papá en su clóset.

—¿Y crees que no se dará cuenta?

—Supongo que no; por lo demás, si lo hace, no me importa. Es suya la culpa. Él me trajo, y porque él me trajo te conocí; y él me alentó, y a harto más que conocerte… Además, tenía muchos billetes iguales, así que no creo que se dé cuenta… ¿De verdad no te importa que lo haya hecho?

—Pedro, en serio, no me importa que lo hagas, por el contrario. Él tiene harta plata y podría ayudarte, pero no lo hace; lo que me preocupa es que te pille, y si sigues haciéndolo, no demorará en ocurrir. Tienes que buscar otra forma de ganar plata. Debieras trabajar.

—Pero si lo hago.

—¿…?

Pedro rio con la cara que puso Margarita.

—Te ves divertida.

—No entiendo. ¿Por qué, entonces, no tienes más que monedas en los bolsillos…? ¿Y qué haces? ¿Con quién trabajas?

—Le ayudo a mi papá.

—¿Desde cuándo?

—Desde marzo. El año pasado terminé mi educación secundaria.

—¿Haciendo qué?

—Estudiando, pues.

—No, Pedro, digo haciendo qué con tu padre, en el trabajo.

—Ah, es un trabajo decente. Así lo llama él.

—¿Un trabajo decente? ¿Y me puedes decir en qué consiste un trabajo decente?

—Le ayudo haciendo algunos trámites como llevar y traer documentos. También hago algunas cobranzas... y voy al banco. En fin, es bueno porque tengo harto tiempo libre. Como puedes ver, puedo venir a verte todos los días... Claro que ahora quiere darme más cosas que hacer, me dijo que quería que trabajara todo el día.

—¿Y no te paga?

—Bueno, sigo viviendo con él, y él paga todo: la comida, la luz, el agua...

—¿No tienes un sueldo?

—¿Un sueldo? ¿Y para qué? En realidad, no lo necesito.

—¡Cómo que no lo necesitas! Andas sacándole la plata a escondidas.... Ya estás grande como para que tus gastos sean solo unos helados o pasteles.

—Le he dicho eso, pero me responde que para qué quiero más. Y tiene razón, ¿para qué quiero más?

—¡Fácil, pues! Por ejemplo, para estar conmigo.

—Ah, sí, es que ahora es diferente.

—¿Entonces? Podrías llevarme a alguna parte: a tomar té, a comer... y no olvides que hay que pagarle a la señora Mercedes.

—Sí, y ayudarte en tus gastos.

—Por ejemplo.

—Pero no puedo decirle eso.

—No, por supuesto.

—No me ayudaría. Y no querría que viniera todos los días.

—Pero podrías invitar a otra chica.

—¿Te gustaría eso? A mí no.

—¡Uf! No, Pedro, por supuesto que no me gustaría. Pero hablo de una mujer de mentira. Tu padre no querrá que andes con una como yo, por eso puedes inventar a otra, a otra más como tú; así le dices que sales con ella y me invitas a mí, ¿me entiendes?

—Sí, sí te entiendo, pero no me atrevo.

—¿Por qué?

—Me preguntará quién es.

—Bueno, le inventas un nombre. Puede ser el de alguna de las niñas que iba contigo a la escuela.

—Pero querrá conocerla.

—En ese caso, puedes decirle que quieres salir un poco más con ella antes de que la conozca. Que no puedes andar presentándole a cada chica que te guste.

—Son muchas mentiras juntas, ¿no te parece? No soy bueno para eso.

—Ja, ja, ja. Eres todo un caso. Mira, yo te enseñaré a hacerlo. Pero tendrás que conseguir algo de plata, eso sí, para pagarle a la señora Mercedes y que nos deje estar aquí tranquilos, y yo podré enseñarte, y ayudarte a manejar tus asuntos con tu padre. Sobre todo, ahora que trabajarás más tiempo con él.

—Dijo que quería que trabajara en serio.

—Entonces, con mayor razón debes exigirle un sueldo, y podrás ayudarme a mí. Y lo pasaremos muy bien aquí juntitos.

—Eso me gusta. Está bien. Podré venir todos los días, aunque sea un ratito.

—O sea, todos los días no es necesario.

—¿Ah, no? ¿No te gustaría eso?

—O sea, sí, pero no sería bueno que tu padre se diera cuenta. Sabes bien que se opondría, o sea, sabes que se opone.

—...

—Por eso, yo te ayudaré, pero vámonos despacito por las piedras.

Pedro observó el suelo y se preguntó qué significaría eso de ir despacito por las piedras.

XI

En el trayecto a su casa, Pedro se preguntó qué hacer para seguir viendo a Margarita. Ella le había dicho que lo ayudaría, pero no se pronunció en cómo, y tenía que llevarle algún dinero, y sus bolsillos, salvo las pocas monedas de siempre, estaban vacíos. Ocho mil pesos era una cantidad excesiva, diez mil mucho más, y eso todos los días; le pareció una fortuna como para abastecerse entre las chaquetas de su padre. Sería imposible, lo sorprendería muy pronto. En la soledad del camino, la idea de que lo descubriera dejó de no importarle para convertirse en una ráfaga de miedo. Pensó en el clóset, la chaqueta, y nuevamente en que pronto lo pillaría…

Cuando entró a la casa, Juan estaba sentado en la sala leyendo un grueso libro.

Pedro intentó pasar sin que lo sintiera, pero no tuvo éxito.

—Hola…

Pedro se sintió obligado a dejarse ver. Retrocedió y entró.

—Hola, papá. —Percibió una incomodidad interior y sintió que se le encendía la cara.

—Llegas tarde. Te estoy esperando para cenar.

—Sí, me atrasé… fui a dar un paseo… por el pueblo.

A Juan le pareció extraño y por momentos cruzó por su mente la idea del prostíbulo; sin embargo, la desechó de inmediato. Para ir allá se necesitaba dinero.

—¿Y cuál es tu idea de ir a pasear al pueblo, teniendo aquí tanta naturaleza como desees para entretener tus sentidos?

—Bueno, allá es diferente. Me gusta ver a la gente.

—¿Ver a la gente? Pero por favor, si parece pueblo fantasma.

—Pero igual, si uno camina por sus calles, de vez en cuando hay alguien.

—Está bien, a la hora de comida seguiremos conversando.

Más tarde, cuando la sirvienta entró a la habitación de Pedro para avisarle que la cena estaba lista, lo encontró acostado, con los ojos cerrados. Había bajado los párpados apenas sintió los pasos que se acercaban a la puerta. No respondió a los tres golpes que ella dio, y los apretó más cuando la escuchó entrar.

—Pedrito, ¿qué le pasa?

—Me siento mal, Gertru, tengo mucho frío. —Contrajo la musculatura y se puso a tiritar.

—Eso le pasa por llegar tan tarde. Le traeré su cena en una bandeja.

—No, gracias, no quiero comer, no me siento bien, tengo náuseas.

—Está bien, le avisaré a su padre. —Sin esperar una respuesta, cerró la puerta, bajó a la primera planta y fue hasta el comedor.

—Don Juan, Pedrito se acostó. Yo creo que tiene tercianas. Será mejor que vaya a verlo. Si ni siquiera quiere comer.

—No, Gertrudis, por favor encárguese usted, yo no soy bueno para estas cosas. Usted sabe dónde están los remedios y podrá prepararle una de esas aguas hediondas que sabe hacer.

—Está bien, patrón, yo me encargaré.

Después de conseguir que Pedro tomara una contundente sopa de pollo con suficiente arroz, Gertrudis dejó una taza con una de sus aguas de hierbas sobre el velador y retiró la bandeja con el plato vacío, satisfecha de saber manejar tan bien al muchacho. En el vano de la puerta, antes de cerrarla tras de sí, se detuvo y volteó.

—Eso le hará muy bien. Verá que mañana amanece como nuevo. Ni se acordará de las tercianas. Que duerma bien, mi niño.

Ya solo, del todo desvelado debido a lo temprano de la hora y al tenso manojo de emociones, volvió a preguntarse por la forma de conseguir tanto dinero. Recordó ese "despacito por las piedras" y sonrió. ¿Conocería ella alguna forma para resolver aquella encrucijada? ¿Y por qué no se la había dicho? Tal vez querría afinarla… Por otra parte, lo lógico era que se le ocurriera a él. Tendría que ser algo fácil, ojalá parecido a sacar el dinero de la chaqueta de su padre, aunque lo avergonzara. Entonces, se le ocurrió otra idea. Su actividad laboral le permitía tener una relación cercana con gran cantidad de secretarias. En muchos casos las reemplazaba por un rato en su lugar de trabajo, mientras hacían diligencias cortas o, simplemente, se tomaban un tiempo para ir al baño y aprovechar de fumar un cigarrillo, o cotorrear con alguna empleada de otro piso. En esos lugares había chaquetas, carteras, y eso que llamaban "caja chica". No sería tan difícil trajinar en estas, y si lo hacía con cuidado y en distintas oficinas, no tendrían por qué descubrirlo. Eso no le alcanzaría para ir todos los días donde Margarita, pero sí al menos dos y con suerte tres veces por semana. El resto, al menos en parte, podría conseguirlo con su padre; no le negaría darse el gusto de vez en cuando. Y si el plan que Margarita de seguro estaba elucubrando resultaba, entonces podría verla todos los días. Sonrió, pero no le duró mucho. El día siguiente estaba muy cerca y necesitaba encontrar una solución inmediata. Recordó la chaqueta en el clóset y, decidido a alimentarse otra vez de ahí, cerró los ojos y por fin se durmió.

Al otro día, cuando terminó de levantarse para ir a ayudar a su padre en algunas correrías administrativas, antes de bajar a tomar desayuno con él, que ya se encontraba en el comedor, aprovechó para ir a su clóset. Decepcionado, descubrió que el fajo de dinero no se encontraba en el lugar de antes y los demás bolsillos estaban también vacíos; recorrió una chaqueta tras otra y el resultado no varió. Atolondrado buscó de nuevo en todas las chaquetas, pero no encontró más que unas pocas monedas que desinteresado dejó en su lugar.

A punto de entrar en el comedor, un escalofrío recorrió su cuerpo. Sintiendo que el rostro le ardía, se sentó junto a su padre tratando de disimular la vergüenza y el miedo que lo atacaban.

—Apúrese, hijo, que hoy tendremos mucho qué hacer.

A Pedro no le gustaba cuando su padre lo trataba de usted; le parecía distante, en esta ocasión era su jefe hablando, lo sentía algo así como el señor de los señores.

—Está bien, solo comeré un par de tostadas.

—Espero que se sienta bien.

—Sí, gracias, me siento mucho mejor. Debí haber pescado un enfriamiento, pero la Gertru me dio anoche una sopa y una de sus agüitas milagrosas.

Camino a la oficina, de acompañante en la cabina de la camioneta de su padre, Pedro se preguntó una vez más, cómo resolvería el problema para ir a visitar a Margarita. Tal vez fuera hora de echar a andar el plan que se le había ocurrido antes de quedarse dormido. Ya vería qué destinos tendría esa mañana, pues sus deseos de ir a verla iban en aumento.

Su primera diligencia fue en una oficina de abogados, donde debía retirar una carpeta que contenía el borrador de una escritura pública. El segundo, una tienda que los surtía de fertilizantes. Por último, pasó al banco a hacer unos depósitos y cobrar un cheque. En los dos primeros lugares, no se le dio la oportunidad de husmear en los cajones o alguna cartera o chaqueta que hubiera quedado por ahí sin la vigilancia de su despreocupado dueño. Era como si supieran que esa mañana alguien trajinaría. Al rato, después de cobrar el documento por caja acarició los billetes, pero comprendió que era imposible quedarse con algunos sin que lo descubrieran. De regreso a la oficina, decidió que Margarita debía hacerse responsable de sus palabras al ofrecerle ayuda. Él le plantearía su plan, pero también le explicaría que para llevarlo a cabo necesitaría tiempo.

Quedó desocupado y fue a almorzar a su casa, pensando en ir más avanzada la tarde a reunirse con ella. No tenía dinero, pero ya vería cómo convencerla para que lo recibiera y volver a tener un rato de intimidad. O para que saliera del lugar y por ahí amarse, como dos criaturas mamíferas que eran. ¿Por qué tenía que ser siempre allí adentro, espiados por ese montón de mujeres que no tenían mucho más que hacer que cuchichear? Se preguntó cómo no se le había ocurrido antes conversar esa idea con ella y así ayudar a solucionar su problema. Al fin y al cabo, la vida natural, al aire libre, era la mejor de todas. Y esa tarde podía ser la primera vez, una que creara el precedente. Incluso, pasó por su mente la posibilidad de llevarla a conocer su cueva en la montaña. Pero un temor que no supo de dónde surgió, lo hizo desestimar de inmediato aquella osada idea.

XII

Esta vez, al abrirse la ventanilla en la puerta, se alegró de que lo recibiera Margarita. Llevaba la cara inusitadamente deslavada y a Pedro le pareció que recién había bajado del cielo. Así se lo hizo saber.

Ella sintió que se ruborizaba. Aquello le gustaba, nadie desde hacía mucho tiempo la hacía sentir así, y le agradaba. Le ayudaba a soportar las niñerías de Pedro, que cada vez le incomodaban menos; por el contrario, comenzaban a hacerle sentir que siempre lo tendría bajo control. Abrió la puerta, cogió sus manos y se empinó para besarlo en la boca.

Él se agachó, facilitando aquella noble acción. A ella también la atraía su esbelta figura.

Después cruzaron el salón y desaparecieron por el pasillo.

Pedro le contó sobre sus intentos para hacerse de algún dinero, y sus fracasados resultados.

—Nada de nada, no conseguí nada… Y aquí me tienes, con las manos más vacías que nunca.

—Creo que tendrás que encarar a tu padre, no puede ser que se aproveche de una manera tan grotesca de ti.

—¿Encuentras?

—Pero Pedro, si no eres un tonto. Sé que eres muy especial, pero en ningún caso tonto, y tu padre te trata como si lo fueras, solo porque eres tan inocente y bueno… Creo que debieras decirle que también tienes tus propias necesidades, inventar una mujer como te dije, decirle que no tienes con qué invitarla a ninguna parte, que así nadie te querrá…

—¿Tú tampoco?

—No, Pedro, no he querido decir eso. Es solo una forma de que él comprenda que tienes necesidades y debes contar con algo de dinero para cubrirlas.

—Pero ya tengo una mujer. Mírate, te tengo a ti.

—Ay sí, Pedro, eso lo sé, pero a tu padre no le gusta la idea. No le gusta donde vivo ni la forma en que me gano la vida, así que tienes que avivarte un poco; hazme caso, por favor, tienes que inventar a alguien que sea de su gusto, a alguien que le parezca bien.

—Pero si hago lo que me dices, querrá conocerla.

—Pero Pedrito, eso ya lo conversamos. Le dices que sus padres no la dejan salir sola contigo, que es muy señorita, que tienen que salir siempre acompañados por una de sus hermanas, o qué sé yo, y de paso resaltas que eso encarece tus salidas, ¿me comprendes? Tienes que encantarle con la idea. Debes convencerlo de que te hace falta manejar un poco de plata. Así, tú y yo podremos estar juntos, y si quieres, podría ser todos los días, ¿te das cuenta?

—Sí, tienes razón, me gusta eso de estar juntos todos los días. Debo hablarle, decirle… exigirle que me pague por mi trabajo.

—Sí, así se habla, y debes exigirle un pago digno, y verás cómo no puede negarse. —Desvió la mirada en diagonal, hurgando en su mente más palabras para terminar de entusiasmarlo—. Pero ten cuidado con exigirle demasiado, porque para empezar debes pedirle una cantidad que no lo asuste.

—¿Para empezar?

—Sí, Pedro, hay que irse despacito por las piedras…

—¿Despacito por las piedras? Y eso, ¿qué tiene que ver con lo que estamos hablando?

—Ay, Pedro, me vas a sacar canas verdes…

—¿Canas verdes? ¿Yo…?

Ay, Pedrito, por Dios, no seas tan… "duro de mollera…". Lo que te quiero decir es que debes ser prudente, recatado, no pegarle un *lanzazo*… —Levantó una mano en señal de Pare, para evitar que se quejara de no haberle entendido—. O sea, lo tienes que hacer con sumo cuidado para no atorarlo, debes dar solo un paso a la vez; primero un primer paso y después ir viendo.

—Sí, tengo que hablar con él, para que deje de darme puras monedas.

—Sí, necesitas que se conviertan en algo que sirva.

—En billetes.

—Eso mismo, en billetes.

—¿Y cuántos billetes? ¿Cuánto debo pedirle que me pague?

—No lo atosigues, pero al mismo tiempo debes hacer que se sienta obligado a pagarte más, debes hacer que se sienta mal… —Esbozó una sonrisa repleta de picardía—. Pídele algo así como el sueldo mínimo.

—¿Mínimo? ¿Y cuánto es eso?

—Ay, Pedro, hasta hay una ley que lo establece. Nadie debe pagar menos que eso. Menos un padre…

—Pero no me has dicho cuánto, porque no sé a cuánto te refieres.

—Porque si se ha establecido por la ley, no podrá decirte que no… Y con eso podremos conformarnos por un tiempo. Yo hablaré aquí con la señora y conseguiré que nos haga un precio rebajado, total será muy seguido.

—Me dijiste que todos los días.

—Bueno, está bien, si puedes…

—¡Claro que puedo!

—De acuerdo, lo sé. Entonces será como quieras, todos los días.

—¿Y por qué a veces no salimos de aquí y vamos…? No sé, ¿a un parque, por ejemplo?

Margarita recordó sus tiempos de calle.

—¡Por ningún motivo! ¿Estás loco? Eso es para los animales y para gente miserable, no para nosotros; nosotros somos personas. Además, yo trabajo aquí, ¿entiendes? No es cuestión de llegar y mandarme a cambiar cuando se me dé la gana. ¡No y no! Y no hablemos más de esto, porque para que lo sepas bien, no es una posibilidad.

—Está bien, pero no te enojes, ya entendí. No me gusta verte así, me asusta, tú no eres así, nunca te había visto así.

—Perdona, pero me pareció muy mal y quise decírtelo altiro. Quiero que nuestra relación sea transparente, ¿tú no?

—Está bien, como digas.

—Y que me trates como a una dama.

—Sí, porque lo eres.

—¡Eso…! Y en cuanto a tu padre, ¿en qué quedamos?

—Hablaré con él hoy mismo.

—Este es mi hombre. Venga para acá, déjeme premiarlo.

Una hora más tarde, Pedro abandonó el prostíbulo pensando en hablar con su padre respecto a su situación de vida. La caminata de regreso a casa le permitió ordenar sus pensamientos. Le haría ver que ya no era un niño, debía cubrir ciertas necesidades y estaba enamorado. Imaginarse frente a él, planteándole aquellas ideas, le produjo un escalofrío que recorrió una por una las vértebras de su columna, también un dolor agudo le atacó en el estómago. Temía que su padre se opusiera a ayudarlo y, además, por si eso fuera poco, montara en cólera.

XIII

Margarita, luego de despedir a Pedro en la puerta, regresó a su habitación y se tumbó en la cama con un vaso de licor de manzanilla que vertió de una botella que guardaba en el ropero, junto a otras bebidas alcohólicas, ocultas entre sus cosas.

En el salón había más movimiento de clientes que el acostumbrado. Allí, Mercedes, entre tantos visitantes con quienes debía congraciarse, también ingirió alcohol, aunque en su caso, sin prudencia.

De pronto, algunos de ellos comenzaron a preguntar por Margarita. La regenta, que la había echado de menos, montó en cólera.

—¿Dónde se ha metido esta niña? ¿Alguna la ha visto? —Abandonó el salón y fue directo a donde supuso que se encontraba. Abrió la puerta con violencia y la vio tendida en la cama, con el vaso en la mano.

—¿Y tú? ¿De qué se trata esto? ¿No viste la cantidad de clientes que hay en el salón? Y hay un par que lo único que hace es preguntar por ti. No quieren na si no es contigo… Y la sinvergüenza, aquí echá, a pata suelta. ¿Quién te imaginas que eres, chiquilla desubicá?

—Estoy indispuesta, señora.

—Así que, indispuesta la perla, mírenla. ¿Y no quiere que le traiga un tecito con pancito tostado a la cama? ¿Y unas galletitas? ¡No, claro que no, si la huevona está saturada de alcohol!

—Mire, señora, no es manera de tratarme…

—¡Ah, no, claro que no, si la pieza que te doy es pa echarte todo el día sin hacer na! Se fue el joven ese, que a veces ni paga, y en lugar de cumplir con tus obligaciones te viniste a echar, igual que una yegua, y ni siquiera te hai tomado el tiempo pa ponerte los calzones. Y deja de pensar en ese cabro bobalicón, porque eso no te va a llevar a ninguna parte, ¿me oíste?

—Mire, señora, parece que la que está bebida es usted, y por lo visto, si seguimos, esta conversación no va a terminar bien.

—¡Aguaite, niña, quién lo dice! ¿Y te atrevís a faltarme el respeto así, descarada? Mejor cierra tu bocota y ahora mismito te levantai, te ponís los calzones y te vai al salón a mostrar las piernas, ¿me oíste? Si no querís que te saque cagando a la calle ahora mismo. Así que ya sabís, cabrita. Arréglate un poco porque así de desaliñá no vai a cazar ni una mosca que sea, y te quiero ver allá en no más de diez minutos. —Salió dejando la puerta abierta.

Margarita no respondió y escuchó con claridad cómo relinchaba a medida que se alejaba por el pasillo. Pocas veces le había hablado y tratado de manera tan vulgar. En general, nadie la sacaba de sus casillas y era muy cuidadosa con su lenguaje y el vocabulario que empleaba, en ocasiones incluso demasiado relamida; sin embargo, las pocas veces que se le pasaba la mano con el trago...

Al día siguiente, luego que Pedro entrara como tantas otras veces, al cruzar el salón con destino al corredor, Mercedes se interpuso en su camino, con la mejor de sus sonrisas.

—Y usted, don Pedrito, ¿a dónde cree que va?

—Bueno, señora, ando buscando a la Margarita. ¿La ha visto? Debe estar en su pieza.

—Sí está, pero usted me la espera aquí, nomás, mire que esa chiquilla se ha puesto muy altanera. La voy a buscar y se la hago venir... Ah, y acuérdese de saludarme a su padre. Dígale que lo hemos echado de menos últimamente.

—Está bien, señora Mercedes, se lo diré.

—Claro, si acaso le puede contar que anduvo por aquí, porque si él supiera de sus andanzas... Mejor no digo nada más, porque para qué meterme donde no me han llamado... Ya, y ahora se me sienta por aquí y me la espera tranquilito, que va a venir a conversar con usted.

—Puedo ir a buscarla...

—No, m'hijo, por favor. Usted me la espera aquí nomás, que yo se la traigo altiro.

En el pasillo encontró a Margarita que salía de su habitación. La cogió con fuerza de un brazo y la atrincó contra la pared. La miró con los ojos brillantes de rabia.

—Mejor ven aquí, porque no quiero que alguien nos vaya a oír... —La tomó con fuerza de la muñeca y la arrastró hasta su puerta, para entrar de nuevo al dormitorio—. Me vas a escuchar bien clarito, chiquilla, mira que sí o sí, te voy a hacer entrar en vereda. —A pesar del enojo, había recuperado por completo su acostumbrada compostura—. A ese joven, si no fuera por su padre, me lo pongo de patitas en la calle, pero escúchame bien, por muy hijo que sea de don Juan, ya está bueno de darle tanta entrada. Por si no te has dado cuenta, no es ningún negocio para nosotras, y por si te olvidaste, este lugar es eso: ¡un negocio! Así que me lo vas ubicando: o paga, o aquí no hay culo. ¿Me oíste? Y espero no tener que repetírtelo, y por si no te has dado cuenta, a la señora Paciencia la mandé de vacaciones. Así que ya, anda moviendo las patitas y el trasero, y si viene sin plata, me lo sacas de aquí. —Ante la expresión que observó en su rostro, esbozó una sonrisa torcida—. Y si no te gusta, agarra tus pilchas ahora mismito y te vas con él. ¿Estamos?

Margarita, sin responder, envió a la mujer una mirada cargada de veneno y se dirigió a la puerta, abriéndola con brusquedad. Dio media vuelta para de nuevo ponerle encima los ojos, esta vez cargados de altanería, pero sin atreverse a responder. Salió de la habitación para caminar rauda hacia el salón, donde se dirigió al encuentro de Pedro, que conversaba con dos de sus compañeras.

—Permisito, chiquillas. —Le cogió de la mano—. ¿Me acompaña, don Pedrito?

Él levantó una ceja y se paró.

Ella lo arrastró con premura hacia la puerta de calle y en pocos segundos se encontraron en la polvorienta avenida, alejándose.

—Creo que reventó la huevá.

Pedro la observó con curiosidad. No era el lenguaje al que estaba acostumbrado.

—Perdona, Pedro, pero a la señora se le vino la mierda a la cabeza, perdona de nuevo, pero me tengo que ir de ahí.

—¿Y cuándo? Digo, ¿y cuándo te tienes que ir?

—¿Cuándo? Lo antes posible, pues, si no quieres que me la eche…

—¿Que la eches? ¿De su casa?

—Ay, Pedro, qué tonto te pones. A veces me parece que no estuvieras hablando en serio… No digo que la vaya a echar, hombre, sino a echármela; a matarla, Pedro, matarla. ¿Entiendes lo que digo?

—¿Y harías eso?

Lo miró y una expresión de astucia se apoderó de su rostro.

—Por ti, mi niño, haría cualquier cosa.

—¿Y qué tengo yo que ver?

—Ay, todavía no entiendes, Pedrito. La señora no te quiere ahí sin plata. O pagas los diez mil cada vez que vayas, y veinte mil si quieres estar un rato largo, o no puedes entrar. Pero no quiero pelearme con ella mientras no tenga dónde irme, así que tendré que buscar otro lugar. Tienes que llevarme a alguna parte. Tienes que hablar con tu padre y hacerle entender que necesitas plata, si no, no sé qué va a pasar con nosotros. Arréglalo como sea, pero arréglalo. Por favor. —Se empinó para besarlo fugaz en la boca y, sin despedirse más, volteó y se alejó.

La cara que puso mientras pronunciaba las últimas palabras, quedó grabada en la cabeza de Pedro, que se mantuvo inmóvil por un buen rato. Después, en contra de sus deseos, se retiró del lugar caminando con lentitud. A medida que se alejaba, percibió que un gran peso lo aplastaba: la rabia contra la señora, el miedo que le tenía a su padre y el amor a Margarita, todo eso potenciado por la angustia que lo envolvía.

Cuando entró, lo encontró en el *living*, leyendo.

—¿Lo puedo interrumpir?

Juan bajó el libro hasta dejarlo descansar sobre la falda.

—Dime, Pedro, ¿qué sucede?

—Necesito hablar con usted.

—¿Sobre?

—Sobre una cosa que a lo mejor no le va a gustar.

—¿Y qué sería eso que no me va a gustar?

—Por si no se ha dado cuenta, he crecido… y mis necesidades han cambiado. No puedo seguir trabajando solo por casa y comida, y unas pocas monedas que apenas me alcanzan para tomar un helado.

El padre, que lo miraba con curiosidad, esperó en silencio durante la pausa hecha por su hijo.

Pedro buscó en su cabeza una forma de seguir. Quería soltar el llanto y correr afuera, pero por Margarita no debía hacerlo, no podía.

—Necesito que me pague por el trabajo que hago para usted.

—¿Que te pague? ¿Y cuánto quieres ganar?

Pedro se quedó mirándolo atónito. ¿Acaso estaba dispuesto a responder afirmativamente a su solicitud? ¿Y con tanta facilidad? ¿Y cuánto? ¿Cuánto le podía pedir? Lamentó que Margarita no estuviera presente. "Treinta días a diez mil por día…". Eso no era tan difícil de calcular. Sus ojos brillaban, el rostro se le sonrojó, y sintiendo un aire de vergüenza envolverlo, intentó mostrar una sonrisa triunfante que se convirtió en una mueca bobalicona.

—¿Trescientos mil?

—¿No te parece un tanto excesivo, teniendo todos tus gastos cubiertos? Sobre todo, para empezar… ¿Y me puedes decir para qué quieres tanto dinero?

—Bueno, Margarita y yo…

—¿Margarita y tú?

—Sí, Margarita…

—No será lo que imagino, ¿no? —La ira asomó a los ojos de Juan, pero Pedro no se dio cuenta—. Pero ¿será posible?

—Sí, eso, necesitamos trescientos mil.

—¿Necesitan? ¡Pedro! ¿Hay algo que no me hayas dicho?

—No, papá, o sea, bueno, en realidad parece que sí, es que... —Observó a su padre: el ceño fruncido, una arruga sobre el labio, las mejillas ligeramente sonrojadas... Cerró los ojos apretando con fuerza los párpados—. Estoy enamorado.

—¿Enamorado? ¿De esa?

—Margarita.

—Sí, de esa... ¿Te has chalado, Pedro? ¿De esa...?

Por toda respuesta, Pedro dirigió los ojos al piso sin abrirlos.

—Así que es eso, ¿ah? Mira, así que te has enamorado de esa... Pero ¿me puedes decir qué diablos tienes en la cabeza? ¿Te has vuelto loco? Tú no puedes enamorarte de una...

—No, papá, no me he vuelto loco, simplemente la quiero.

—Pero ¿te das cuenta de lo que dices? ¿Sabes qué es ella, a qué se dedica?

—Sí, lo sé, tiene que ganarse la vida ¿no? Pero es una persona muy buena, y yo quiero casarme con ella.

—¡Basta! Basta ya de decir disparates. Me es imposible continuar con esta estúpida conversación que no nos llevará a ninguna parte. —Se paró, lanzó el libro sobre el sillón y dio un brusco giro para salir de la habitación, pero Pedro le cortó el paso.

—¡No, papá, no puede irse! Necesito una respuesta. ¿Me pagará lo que le he pedido?

—Pero ¿qué te has imaginado? ¿Te das cuenta de cómo me estás hablando? Cómo en tan poco tiempo, esa te ha metido tanta mugre en la cabezota. ¡Claro que no! Ahora menos que nunca echaré en tus bolsillos un dinero que no hará más que arruinarte. —Su rostro había enrojecido por completo, como si de un momento a otro fuera a estallar.

Pedro se asustó. Impotente, dio un corto paso hacia atrás. Estaba lívido.

—Pero entonces ella tendrá que seguir allí. Y eso no es bueno.

—Ese es su mundo, está acostumbrada; ¡lo que no es bueno es que se te haya ocurrido tamaña insensatez! —Insistió en salir.

Esta vez, haciéndose a un lado para dejarlo pasar, Pedro se limitó a observar cómo se alejaba con dirección a la escalera. Se preguntó qué le diría a Margarita al día siguiente. No tenía dinero para pagar a Mercedes ni el arriendo de la pieza. Lo vio subir con una agilidad inusual los escalones conducentes a la segunda planta, golpeando con cada pisada. Pensó que era una forma de dejar bien asentados, tanto su desacuerdo como su indignación.

Pedro salió al jardín. La luna alumbraba más de lo acostumbrado y percibió con desagrado el silencio, como si las aves, los insectos y la vida se hubieran helado.

Se imaginó al día siguiente, llegando hasta la casa de Margarita. Debería conformarse con solo dar un paseo por los alrededores; si ella lo permitía, por supuesto, porque podía desilusionarse de él y no quererlo más.

XIV

—Tienes que hablar de nuevo con tu padre, Pedro. Y tendrás que inventar algo un poquito más inteligente… No, no pongas esa cara, porque no te estoy diciendo que seas tonto, simplemente te digo que tienes que avisparte un poco más, ¿entiendes?... No, claro que no. Tú no entiendes de estas cosas. Contigo hay que ser directo, un poco bruto diríamos, solo así entiendes lo que tienes que entender… ¡Uf!, creo que me volverás loca.

—…

—Sin duda, no fue buena idea decirle que yo era la escogida. Te dije que inventaras a otra, pero no quisiste hacerme caso… Pero ya, en fin, lo hecho, hecho está, y ya no hay nada que podamos hacer, es imposible que pongas reversa. Tendrá que escoger: le dices que te ayuda, o te pierde. Y no hablo de perderte en la montaña.

—Sí sé.

—Yo digo, nomás, porque no eres muy bueno adivinando formas de decir… Pero en fin, ya sabes: o te ayuda o te pierde.

—Sí, acabas de decírmelo.

—Es por si acaso, nomás.

—Pero de nada servirá pelearme con él.

—Ah, ¿no? Pues eso lo vamos a ver. Si no lo presionas, no conseguirás nada. Tienes que ponerlo entre la espada y la pared.

—¿Tú crees?

—Por supuesto, ya verás cómo se ablanda. Se derretirá como mantequilla.

—¿Como mantequilla?

—Ya, no importa, no trates de entender mis palabras. Tú anda y dile que, o me acepta, o te vas de su casa para siempre… Y ahora, tengo que irme.

—¿Tan pronto?

—Sí, tengo que trabajar. —Observó su reloj—. Puf, la señora me va a matar, capaz que aproveche la oportunidad para ponerme de patitas en la calle. —Se empinó, y luego de un fugaz beso en la boca, dio media vuelta y se fue.

Pedro la observó alejarse, reprimiendo la ira que guardaba a la regenta y a su padre, ninguno de ellos hacía eco de lo importante que Margarita era para él.

A la hora de almuerzo, no tuvo el valor de enfrentarlo, comieron prácticamente en silencio. Juan no estaba dispuesto a iniciar una conversación que de seguro los llevaría a lo de Margarita, y el temor de su hijo era paralizante. Pero durante la tarde, Pedro hizo acopio del valor que le faltaba. Por eso, en la cena sí se atrevió a tocar el tema.

Su padre lo observaba hablar con dificultad, tropezándose con las palabras.

—… Por eso necesito trabajar… y por supuesto, ganar un poco de dinero.

—El dinero no se gana para botarlo.

—Pero yo nunca lo he botado.

—Entonces no comenzarás a hacerlo ahora.

—Margarita dice que soy ya un hombre, que debes pagar por mi trabajo como corresponde a cualquier adulto que vende su tiempo a alguien.

—¿Margarita? ¿Ella lo dice? Es inconcebible. ¿No te das cuenta de que esa mujer te está poniendo en mi contra?

Nosotros nunca habíamos discutido así, y tú eras un mucha-cho razonable, pero ahora… Y date cuenta de que ese alguien al que ella se refiere, soy ni más ni menos yo, tu padre.

—Con mayor razón, entonces, debes ayudarme, apo-yarme, quererme.

—Pero si yo te quiero más que a nadie en este mundo, y todo lo que estoy labrando será solo para ti, pero antes de que eso ocurra, deberás aprender a no despilfarrar.

—Yo nunca he hecho eso que dices.

—Pero te has empecinado en meterte con una mujer que no te corresponde, y que se aprovechará de ti cuanto pueda; créeme, no es una buena mujer. Hay muchas otras que valen mucho más la pena.

—Pero yo quiero a Margarita, ella es mi mujer. Por fa-vor, entiéndelo… y ayúdame. Al menos, sé justo y págame lo que corresponde. No me obligues a alejarme de esta ma-nera de ti, porque sí o sí, me iré con ella.

Juan se preguntó si Pedro sería capaz de cumplir aque-lla amenaza. "¿Estará dispuesto a arriesgarse y perderlo todo?".

—No, Pedro, ya te dije: cuando recuperes la cordura, volveremos a hablar. Antes, no. Por ningún motivo. Ten-drás que dar tu brazo a torcer, y en un futuro no muy lejano, me agradecerás esto que ahora crees una brutal intransigen-cia de mi parte. Nadie en el mundo te quiere ni te querrá tanto como yo.

—Pero Margarita sí, y si no me ayudas, me perderás para siempre.

—Más temprano que tarde recapacitarás y comprende-rás cuánta razón tengo.

Sin decir más, su padre se retiró. Pedro lo vio subir la escalera, esta vez con lentitud. Le pareció particularmente cansado. Él también lo estaba. Deseaba que el día terminara pronto y también se fue a acostar. Ya en la cama, intentó imaginar en qué estaría Margarita. Sin duda, ella y Mercedes no demorarían en volver a tener otro encontrón, y estaba claro quién de las dos terminaría quedando en la calle.

Durante los días que siguieron, las discusiones entre las dos mujeres se hicieron cada vez más continuas y agresivas, hasta que la regenta perdió la paciencia y la despidió.

Cuando Pedro llegó a buscarla para salir a dar una vuelta, la encontró sentada en la misma cuneta donde alguna vez él la había esperado. Sorprendido, se quedó mirándola.

—¿A quién esperas?

—¿A quién va a ser? A ti, pues, mi niño… Como puedes ver, me echaron a la calle.

—¿A la calle?

—Sí, a la calle, ¿no lo ves? Y por favor, no te hagas el que no sabías…

—Se sentó junto a ella.

—Y ahora, ¿qué vamos a hacer?

—De momento, acompáñame. —Se paró y quedaron ahora ella de pie y él sentado—. Una amiga me dio una dirección donde al menos podré dormir. No está muy lejos, es una casa donde reciben huéspedes por días, y no es muy cara. Allí podré pasar el aguacero.

—¿Va a llover? Porque yo veo que el cielo está muy azul.

—Ay, no, Pedro, es un decir, pero no importa, déjalo, no me hagas caso. Y ahora mejor párate, de lo contrario no llegaremos a ninguna parte. ¡Vamos!

Pedro se levantó y echaron a caminar.

—¿Y cómo lo harás para pagar?

—He ahorrado unos pocos pesos, esos que la bruja esa no me pudo robar... Así que de momento no estoy tan en la calle, pero pronto lo estaré si no encontramos una solución.

—No te preocupes, no te dejaré sola. Me iré contigo.

—Sé que no me dejarás sola, pero ahora no puedes irte conmigo... No así como así. No puedes llegar y dejar a tu padre, es el único que ahora nos puede ayudar.

—Pero me dijiste que lo amenazara; no te entiendo, dices una cosa y después otra, eso me confunde.

—Sí, eso te dije, pero parece que no comprendiste la idea.

—Sí, que lo abandone si no nos ayuda.

—Que lo amenaces, dije, que lo amenaces, y claro, si no nos ayuda, tendrías que hacerle creer que estás dispuesto a abandonarlo... Sé que es una forma extrema de presión para que te pague por tu trabajo, pero tienes que hacerlo, y claro, solo si se niega, tendrás que dejarlo para que se dé cuenta de que hablas en serio. Y tienes que hacerlo ahora, ya, y con todas tus fuerzas. Si te ve decidido a dejarlo, se asustará y cambiará de parecer.

—¿Mi padre asustarse? Te equivocas, nunca lo he visto así.

La casa, completa de madera, aunque humilde era grande. Se notaba que había sufrido muchas ampliaciones.

Alrededor, la tierra estaba apisonada. A cierta distancia se veían gallinas circulando, unos pocos pollos tras algunas de estas, y un par de perros que dormitaban; ante su presencia, no intentaron levantarse.

Margarita golpeó con énfasis y la puerta no demoró en abrirse. Una anciana con su blanco pelo tomado por pinches, arropada con un chal gris, los hizo pasar.

Luego de conversar durante algunos minutos, la mujer los condujo hasta uno de los cuartos.

—Esto es lo que les puedo ofrecer.

—Como le dije, es solo para mí.

—Bueno, como sea. Lo que haga aquí adentro es cosa suya, a mí me da igual. Para uno o para dos, el precio es el mismo… Usted verá.

—Sí, lo tomo por una semana. Aquí está lo que usted me ha pedido de adelanto.

—Está bien… Y recuerde que, si desea desayuno o comer algo durante el día, tiene que avisarme con tiempo.

—Gracias, señora.

—No, no me dé tanto las gracias, solo compórtese, porque aquí los que vienen buscan tener descanso, así que a nadie le gusta la bulla. Y el baño, como es compartido, deberá ayudar a mantenerlo limpio. Porque yo no le voy a andar limpiando a nadie mugres que no son mías, ¿estamos?

—Sí, señora, estamos.

La mujer salió, cerrando la puerta tras ella.

—Me quedaré contigo, por lo menos durante esta noche.

—Estoy de acuerdo, una noche fuera de tu casa dará más credibilidad a la presión sobre tu padre. Así que está bien, quédate. Mañana irás a conversar con él. Ya verás cómo estará...

—¿Muy enojado, crees tú?

—No, mi Pedrito, estará angustiado y asustado. Ya verás cómo cambia de idea y te suelta todo lo que le pidas.

—¿Tú crees?

—Si te lo estoy diciendo es porque yo sé de estas cosas, así que ya, mañana vas y haces lo que tengas que hacer.

Pedro se quedó mirándola en silencio.

—Y ahora, sácate la ropa y métete en la cama, que el día ha sido muy largo y te quiero premiar.

—¿Y tú?

—También, pues tontorrón, ¿sino cómo? —Dejó salir una de sus hiperventiladas risas.

Pedro, luego de desnudarse con rapidez, se acostó a esperarla. Ella había ido al baño.

Al poco rato la vio entrar, sonriente, como a él más le gustaba. La observó sacarse la ropa con lentitud y dejarla sobre una desvencijada silla de madera, junto a su pequeña maleta.

—Muy bien, así te ves precioso. Ahora déjame un hueco para acompañarte, a ver cómo vamos a pasarlo.

La sonrisa en la cara de Pedro aumentó, asomando ese aire bobalicón que lo acompañaba a todas partes.

Ya adentro de la cama, mientras él cogía sus pechos con desesperación, se quedó mirándolo a los ojos.

—Que este premio que te voy a dar, que durará todo lo que queda de día, te sirva para que mañana te levantes con ánimo como un guerrero, como mi gran guerrero que eres, y te vayas rapidito a hablar con tu honrado padre.

—Pero él habrá ido a su oficina.

—No, no lo creo. Estará desesperado porque no llegaste a dormir, así que estará ahí sin saber qué debe hacer. Sentirá un gran alivio al verte.

—¿Y se enojará?

—Qué va, ya te lo dije, claro que no... Pero sí se hará el enojado, pero tú sabrás que no lo está, así que no le harás caso... Consigue que te diga que sí y me tendrás las veces que quieras.

XV

Cuando Pedro llegó a la casa de su padre, él se quedó mirándolo desde su sillón. No habló, dejando que su hijo tomara la iniciativa.

—¿No has ido a trabajar?

—Estaba esperándote…

Pedro recordó las palabras de Margarita y le pareció, como siempre, que era muy inteligente.

—Creo que te estás tomando demasiado en serio toda esta cuestión con esa…

—Margarita; se llama Margarita, papá, y lo sabes muy bien. —Su cara adquirió una expresión iracunda y altanera—. Pasé la noche con ella… y veo que estás muy preocupado; entonces, ¿has decidido ayudarme? ¿Pagarme, aunque sea un pequeño sueldo?

—Sí, efectivamente, estoy muy preocupado, pero no porque no vinieras a dormir, porque después de nuestra última conversación, era fácil presumir con quién habías pasado la noche…

—Entonces, lo apruebas…

—La verdad, no, no lo apruebo. Por ningún motivo. Sigo pensando exactamente igual que antes. Y en cuanto a pagarte un sueldo, no será grande ni pequeño. Y entiéndelo de una vez por todas: no transigiré. No seré yo quien permita que arruines tu vida. Debes escoger: esta casa, mi cariño y un trabajo decente, o a esa puta sinvergüenza. —Su rostro se había encendido y le tiritaba el cuerpo, a tal punto, que Pedro temió que sufriera un ataque—. Así que ya sabes, o recuperas, aunque sea un poco de tu cordura, o te mandas a cambiar.

—¿Estás seguro de lo que me estás diciendo?

—¿Te parece que bromeo? No voy a tolerar tu rebeldía, así que cambias de actitud o puedes hacer lo que te dé la gana.

Pedro, incapaz de continuar con la discusión, sintiendo unas ganas de llorar que le parecieron incontenibles, dio media vuelta y salió dando un portazo. De inmediato enfiló hacia el cerro, a su cueva. Necesitaba estar solo en medio de la abultada naturaleza para pensar. Por la tarde bajó y cerca de las diez, llegó donde Margarita.

Ella escuchó sus explicaciones en silencio y, al enterarse de que había roto con él, aunque deseó golpearlo, hizo un esfuerzo para acogerlo, diciéndole que su padre recapacitaría y entonces debería tener más paciencia. Que la idea era asustarlo, pero no pelearse. Pedro la miraba del todo confundido, sin entender cuándo debía comportarse de una manera o de otra.

Pasaron dos semanas. Pedro se negaba a volver donde su padre, pues sabía que no echaría pie atrás. Los ahorros de Margarita comenzaron a mermar y el negro horizonte que se avecinaba la forzaba para presionarlo.

—Aquí, no tenemos ningún futuro...

El pueblo era pequeño y no les ofrecía más opciones; para Margarita ni siquiera era viable vagar por las calles en busca de clientes. Él, por su parte, aunque podría haber buscado trabajo en un aserradero, prefería quedarse tirado en la cama, esperando a que ella llegara y desahogarse de la única manera que sabía.

Por fin, ella terminó de perder su artificial paciencia.

—Creo que, si no quieres trabajar, tendrás que hablar con tu padre. Total, no ha pasado mucho tiempo y tal vez quiera recuperarte.

—Tú no lo conoces.

—Nada pierdes con intentarlo. Lo que es claro, es que no podemos seguir como estamos. La plata se me está acabando.

—No ganaré nada.

—Sí ganarás…

Pedro levantó una ceja en señal de curiosidad.

—Ganarás, no perderme. Si no me haces caso, entonces tendrás que irte de aquí.

—¿Eso quieres? ¿De verdad quieres que me vaya?

—No, Pedro, sabes que no quiero eso, pero tu padre es nuestra única oportunidad para seguir juntos. Si no, tendré que irme de aquí; con los últimos pesos que me quedan, compraré un pasaje y volveré a Santiago.

—¿A Santiago?

Margarita asintió con la cabeza.

—Pero eso está muy lejos.

—Sí, pero allá nadie me conoce y podré empezar de nuevo. Total, no estoy tan mal, ¿no?

—Podríamos irnos juntos. —Pensó en su cueva y sintió una punzada aguda en el estómago. ¿Cómo sería vivir en una ciudad tan grande, rodeado de cemento? ¿Echaría de menos el bosque y el río?

—No, Pedro, no podemos. No tengo plata más que para un pasaje y movilizarme para encontrar algo qué hacer. —Pensaba en la antigua regenta, también en que podría trabajar de mesera y, por último, puteando en las calles.

—Pero no quiero que nos separemos, no quiero perderte.

—Entonces, muy sencillo, tendrás que ir a hablar con tu padre. Él tendrá que ayudarnos. Como sea… Invéntale que estoy esperando un hijo tuyo.

—Pero eso no es cierto.

—Ya sé que no, pero tienes que despertar algo en él. Dile que no puede dejar a su nieto en la calle.

—Pero tarde o temprano nos descubrirá.

—No si nos ponemos en campaña de fabricar uno.

—¿Fabricar?

—O sea, que me dejes embarazada, pues.

—No, si eso lo entendí… Me gusta la idea. Tal vez eso lo conmueva.

—Aunque sea para recibirme en su casa. No podrá negarse. Y entonces, ya veremos cómo seguimos. Será más fácil que ahora que estamos a punto de zozobrar.

—¿Zozobrar?

—Sí, Pedro, aunque no lo entiendas, estamos a punto de ahogarnos. Así que, por favor, anda a hablar con él.

XVI

Pedro tocó el timbre y esperó paciente a que alguien abriera la puerta.

—¡Pedrito!

—¡Gertrudis!

—Pedrito, ¿dónde se había metido? No sabíamos dónde buscar, si se desapareció de la faz de la tierra.

Pedro recordó aquellos días enclaustrado en el cuarto que arrendaba Margarita, sin importarle lo que pudieran pensar más allá de esas cuatro paredes.

—Estuve… Pero eso ahora no importa. ¿Dónde está mi papá? ¿No ha llegado?

—Sí está, mi niño, pero no está bien. Venga que le cuento antes que lo vea.

Entraron y ella se detuvo en el salón.

—Está en cama.

—¿En cama?

—Sí, es que no ha estado bien.

—¿Y desde cuándo está así?

—Bueno, cómo decirle, después de que usted se fue, parece que su corazón no resistió la pena ni la rabia, y sufrió un ataque.

—¿Un ataque? ¿De qué tipo?

—Cardíaco…Y el médico no lo deja levantarse, dice que se puede poner peor.

—¿Qué tan peor?

—Bueno… —Se persignó—. Se podría… Usted sabe, pues.

—No, Gertru, no te entiendo, así que por favor di, por favor habla, no es momento para misterios.

—Quiero decir que... se podría morir, Pedrito. De hecho, podría ocurrir en cualquier momento. A lo mejor su presencia le ayuda; qué bueno que haya venido. Él no hace más que preguntar por usted... Cuando puede, claro...

Sin escuchar más, corrió hacia la escalera, subió con prisa y entró en su cuarto. Se detuvo a los pies de la cama. Al observarlo sintió una extraña combinación de sensaciones: lástima, arrepentimiento por haber sido tan vehemente ante su negativa de dejarlo hacer y, principalmente, miedo.

El enfermo estaba demacrado. Al reconocer a su inesperado visitante, sonrió. Lo miraba con sus pequeños ojos deslavados, que brillaron mientras se agrandaban. Movió su boca con lentitud. Apenas pudo emitir una línea de murmullos.

Pedro se acercó por un costado hasta casi chocar con la cama y le tomó con dulzura la mano.

La enfermera, que estaba muy cerca, le aproximó a Juan un vaso con una pajilla para que bebiera un par de tragos de agua, luego le limpió la flema de la boca con un paño blanco.

El viejo mantuvo los ojos puestos en su hijo y, luego de aclarar la garganta, pudo hablar, aunque con dificultad.

—Te he echado mucho de menos... No debí permitir que te fueras. Perdóname. —Una lágrima corrió por su mejilla, inmediatamente seguida por otras. El triste aspecto de Pedro, por mucho que se había bañado y vestido con su mejor ropa, lo hería como un cuchillo afilado—. Ven aquí, hijo,

acércate. —Movió con dificultad el brazo—. Déjame to-
carte...

Juan, apesadumbrado, no había dejado de pensar en su
hijo, dolido no solo por su ausencia, sino también por no
conocer su paradero. Habían pasado más de dos semanas,
pero a él le parecieron dos años, sintiéndose víctima de la
soledad: lo acompañaban su sombra y la de su esposa, re-
cordando su triste fallecimiento, ocurrido hacía tanto, luego
de su larga enfermedad. Lamentaba haber sido tan duro e
inflexible con Pedro, pero había actuado de la mejor manera
que sabía. ¿Cómo podía autorizar un antojo de ese tamaño?
Intentaba mantenerse convencido de que darle en el gusto
hubiera sido como empujarlo por un barranco, pero tras el
infarto su postura cambió, tal vez ser tan drástico había sido
también una forma de tirarlo por el despeñadero.

—Espero que no vuelvas a irte.

—Pero yo tengo mi casa.

—No, Pedro, donde sea que vivas, esa no es tu casa;
esta es tu verdadera casa.

—Y tengo a Margarita.

—¡Margarita! —Esta vez sus facciones se relajaron y exhibió una suave sonrisa—. Veo que eres tan porfiado como tu padre. Siendo así, esta es también su casa.

Pedro sonrió. Apenas creía lo que estaba escuchando. Le
pareció que, después de todo, Margarita tenía razón. Su padre
había cambiado de opinión, ella parecía conocerlo más que él
mismo.

—Está bien, entiendo. Déjame conversar con ella...

—Ve a decirle. Mira cómo estoy. Necesitamos a alguien
que se encargue aquí de todo, y ya que has demostrado lo

importante que es para ti, y no me caben dudas de que la quieres…

—Sí, padre, la amo con todo mi corazón.

—Entonces ve a buscarla y tráela contigo. ¡Corre! No pierdas más tiempo. Los necesito aquí, y creo que conmigo tendrán una mejor vida. Ve a hablar con ella, estoy seguro de que te irá bien. Ella comprenderá.

Antes de abandonar la casa, Gertrudis contó a Pedro que había pasado unos días en una clínica, siendo enviado a su casa para restablecerse, pero que parecía no tener avances.

—Sin duda ya no es el mismo de antes. A veces se pone muy mal y pareciera que de un instante a otro se nos va a morir… ¡Qué bueno que usted llegó! Creo que le hará bien tenerlo cerca.

Cuando Pedro llegó a donde Margarita, ella lo escuchó en silencio. A medida que comprendía el tenor de la situación, su cara se fue enrojeciendo y su boca abriendo en señal de alegría.

—No entiendo por qué te ríes.

—¡Que por qué me río? ¿Pero tú eres tonto? Fuiste por unas migajas de pan y has vuelto con oro.

—¿Con oro?

—Ay, Pedro, es una forma de decir. Mira a tu alrededor, mira el cuchitril en que vivimos, sin saber qué irá a ser mañana de nosotros. ¡Por supuesto que me quiero ir para allá! Y cuanto antes, mejor.

—Pero te he dicho que mi padre está muy enfermo.

—¿Y qué? Con mayor razón. Podrás encargarte de él.

—¿En verdad no te molesta?

—Claro que no.

—¿Aunque no te haya querido?

—Pero si él siempre me quiso, Pedro.

—¿…?

—A su manera, hombre, a su manera. ¿No recuerdas que me eligió para que te hicieras macho?

—Pero dijo que eras una puta.

—¿Y qué? ¿Acaso no era verdad? Porque lo era, ¿o no? Y lo sigo siendo, a pesar de lo que me cuesta encontrar a alguien por ahí… Yo misma te dije que te inventaras otra mina, ¿no te acuerdas? Pero como eres porfiado…

—Sí, es cierto, pero…

—Nada de peros, así que agarremos las pocas pilchas que tenemos y nos vamos… si ni la ropa de la cama es nuestra. Así que apúrate y nos vamos altiro. No aguanto las ganas de verme viviendo en un lugar decente, por primera vez en mi vida. Así que ya, anda, apúrate nomás.

Mientras doblaba sus cosas y las metía en la maleta, Margarita no dejaba de hablar.

—Viviremos en una casa como la gente, con jardín y todo, y con un campo maravilloso. Seremos como los dueños. Cuidarás a tu padre y así nos ganaremos el cielo; eres su único hijo, ¿no? ¡Su único heredero! Y cuando al pobre hombre se lo lleven las animitas, yo estaré contigo. Así podrás hacerte cargo de tus nuevas responsabilidades, sí, podremos hacernos cargo de nuestras nuevas responsabilidades.

—Pero yo no quiero pensar en eso.

—Está bien, hombre. Tú no pienses en eso, que para eso estoy yo. Yo te apoyaré, yo te ayudaré, yo me encargaré de

todo. Tú, ahora tienes que cuidar a tu padre. Después, podrás descasar… para siempre. ¿Lo ves? Para siempre. Y podremos hacer lo que queramos, trabajar en lo que queramos
y tener ese bar que siempre soñé, ese bar que siempre soña-
mos. Viviremos en un rinconcito acogedor, a lo mejor en un
segundo piso… También podremos tener un espacio para
que otros vayan a hacer sus maldades ahí. Ja, ja, ja, ¿te das
cuenta? Es oro puro.

—Pero mi padre no aceptará todo eso.

—Tu padre, claro que no, pero ya no estará como para
oponerse. Por fin seremos independientes, Pedro, y podremos realizar todos nuestros sueños.

—Pero hablas como si se hubiera muerto, eso no está
bien. Él querrá que la casa siga tal como está.

—Sí, Pedro, está bien, dejémoslo ahí nomás, de momento la casa se quedará tal cual está. —"Más adelante, ya
veremos".

Margarita que, desde muy joven circuló por los ende-
moniados caminos de la prostitución, muchas veces había
soñado con tener su propio prostíbulo, donde pudiera man-
dar a las demás y hacer lo que le viniera en gana. Por eso,
mientras guardaba sus cosas pensaba que pronto podría hacerse de la herencia de su marido. Ya instalada en la casa de
su padre, lo primero que haría sería convencerlo de que la
hacienda era la que estaba matándolo, y si no hacían algo,
también acabaría con ellos.

A los pocos días de instalados, aprovechó una caminata
por los alrededores, para tocar el tema como por casualidad.

—Debemos venderla.

Pedro la observó confundido, como le ocurría tantas veces.

—¿Qué? No te entiendo, ¿qué hay que vender?

—Ay, hombre, la finca, qué otra cosa va a ser.

—Pero mi padre trabajó toda la vida para sacarla adelante y hacerla crecer. Somos dueños de un terreno inmenso, y bien cuidado.

—Por lo mismo debemos deshacernos de ella. ¿Acaso estás dispuesto a matarte trabajándola o prefieres poder pasarlo bien y holgazanear todo lo que se te venga en gana? Podremos venderla en una cantidad de plata tan grande, que necesitaríamos dos y tal vez tres vidas para gastarla completa. ¿No querías que tuviéramos un bar, acaso? Y lo tendremos. Un bar y mucho más. Y yo lo trabajaré, y a ti te cuidaré, y administraré todo para que tú seas feliz. Podrás echarte y beber cuanto se te dé la gana, y estar conmigo cuando quieras… ¿O no quieres eso?

—Sí, por supuesto que sí.

—Entonces, pues. Serás el dueño y un gran señor. Y me tendrás contigo por siempre, a tu lado, para encargarme de que las cosas nos resulten bien y seas feliz. Mañana mismo iremos a la ciudad para averiguar en cuánto la podemos vender. Confía en mí.

—Pero venderla sería algo así como matarlo de inmediato.

—Ay, hombre, si no la venderemos altiro, solo averiguaremos cuánto puede costar y poder hacer nuestros planes. Mientras él viva, no la tocaremos ni le diremos nada de nuestras intenciones, así que puedes quedarte tranquilo.

—¿Ves? Por eso te quiero tanto. Si piensas en todo, y eres tan buena…

Margarita lo observaba con una marcada expresión de perfidia en su rostro, mientras pensaba que el único obstáculo que le quedaría por sortear sería él. Por eso, moldearía poco a poco la forma de sacárselo de encima. Sí o sí, llegaría a ser dueña del bar en cuya segunda planta construiría un cuarto para vivir y otros tres, o cuatro, o tal vez cinco, para arrendarlos a mujeres dispuestas a comerciar con sus cuerpos, tal como había hecho ella. "Y las mandaré a todas".

Durante los días que siguieron, la condición de Juan empeoró y Margarita se hizo cargo de los quehaceres domésticos con tal diligencia que logró conquistarlo y, con eso, alimentar la idolatría que Pedro sentía por ella.

Una mañana, dos meses después de ellos haberse ido a vivir ahí, Juan sufrió un nuevo infarto que no resistió.

Margarita esperó con paciencia a que los ajetreos del funeral pasaran y convenció a Pedro de tomar algunas decisiones: finiquitaron generosamente a Gertrudis y vendieron la hacienda. Con una pequeña parte de los ingresos compraron un terreno grande, donde construyeron una casona para cumplir con los planes de Margarita. El resto del dinero lo invirtieron en diversas propiedades y colocaron otra parte importante en depósitos a plazo. Ella, que había tenido tanto que esperar para que sus expectativas se cumplieran, haciendo un sacrificio tras otro, aseguró su porvenir convenciendo con facilidad a Pedro para que inscribieran todos los bienes a su nombre.

A medida que transcurrió el tiempo, el alcohol y la vagancia mellaron la cordura de Pedro, también su apetito sexual, y cada vez exigió menos la compañía de su mujer, hasta transformarse en un bulto humano.

Margarita no solo regentaba el lugar, sino que la libertad de acción que fue adquiriendo le permitió apoderarse de las ganancias y entregar su cuerpo al placer que le producía estar con algún pasajero de buena talla, dándose el gusto de no cobrar en ciertas oportunidades, incluso siendo en ocasiones ella la que desembolsaba algunos billetes de sus abultadas arcas.

A Pedro le dejó el dormitorio del fondo, donde pasaba gran parte del día echado, en un estado cada vez más calamitoso. El resto lo completaba vagando borracho por los estrechos caminos que conducían hacia el cerro, a donde solía subir y guarecerse en la caverna, y muchas veces quedarse varios días contemplativo ante la abundante naturaleza, cazando para subsistir.

Tiempo después, Margarita, aburrida del trabajo que le demandaban el prostíbulo y el bar, y los constantes líos con los parroquianos, incluida la intromisión de la policía, decidió terminar con el negocio y deshacerse de las prostitutas. Solo mantuvo en la segunda planta el negocio de arrendar las piezas por noches y ratos, según la ocasión lo requiriera, y permanecía echada sobre la cama viendo televisión, entregada a una soledad que matizaba con la efímera compañía de algunos hombres, conocidos y recomendados, que continuaban llegando, principalmente provenientes de la ciudad de Temuco.

Tal era el dolor de Pedro, que comenzó a distanciar las visitas a la casona, hasta desaparecer casi por completo. Solo se acercaba para aperarse de algunas botellas de licor y algunas monedas que le ayudaran a subsistir. Y en esas ocasiones, ella no perdía la oportunidad para maltratarlo, riéndose en su cara de su condición y vanagloriándose de no haber perdido sus dotes de mujer, especialmente en la cama. Lo vejaba, además, echándole en cara su torpeza y sus dificultades con el sexo. Le decía que ya no merecía llamarse Pedro, ni siquiera Pe, porque una alimaña no debía tener nombre de persona.

XVII

El lunes, la oficina de Ricardo comienza con el ajetreo acostumbrado. Todo el mundo sabe que su jefe ha aprovechado el fin de semana largo, con un viernes hábil entremedio, para adentrarse por el camino conducente a Lican Ray —pueblo ubicado en la comuna de Villarrica, en la ribera norte del lago Calafquén— y desde ahí enfilar hacia el interior, al sector cordillerano. La razón es simple: visitar campos madereros que podrían contribuir a bajar los costos de la mercadería que regularmente envía a Santiago, para abastecer su barraca y otras aledañas, todas en el sector poniente de Mapocho.

A su secretaria no le extraña que demore en llegar, ya que generalmente, cuando va a ese tipo de lugares, no regresa sino hasta la tarde, pues durante la mañana completa cualquier diligencia que haya quedado inconclusa.

Pero a las seis, hora de término de la jornada, en vista de que su jefe no llega, decide llamar por teléfono a su casa.

—¿Aló? Señora Eugenia, cómo está… Llamo porque don Ricardo no ha llegado a la oficina y ya va siendo hora de cerrar. ¿Habrá pasado por ahí antes de venir?

—No, Sandra, la verdad es que no he sabido nada de él, seguramente algo lo habrá demorado, no sería la primera vez.

—Lo sé, señora, pero cuando no va a llegar para cerrar, casi siempre llama. Usted sabe cómo es él, le gusta ser el primero en llegar y el último en irse.

—Sí, es cierto, siempre dice: "Al ojo del amo engorda el ganado".

—Sí, y en este rubro, si no se está encima…

—Lo llamaré al celular, aunque como sabes, en esos lugares no hay señal y en el camino tampoco, porque con tan pocas antenas y tanto cerro entremedio…

—Bueno, algún día aumentarán… Tal vez por eso mismo no se ha comunicado. Si habla con él, por favor, dígale que llame a la oficina. Igual, cerraré un poco más tarde.

Llegada la noche, luego de dejar una serie de llamadas perdidas en el celular de su esposo, a Eugenia le cuesta conciliar el sueño. Duerme muy mal, los desvelos le parecen desesperantes, principalmente porque no puede desconectar su cabeza de una sensación que la enrabia sobremanera, pues tal como lo conversó con su secretaria, no es primera vez que lo hace. Y siempre llega diciendo que, en esos lugares perdidos entre las montañas, es imposible conseguir un teléfono, así como encontrar señal para utilizar el celular. Y ella sabe que, aunque no es fácil, con buena voluntad todo se puede; pero por supuesto, eso a él no le sobra. Y continúa pensando en por qué tiene que ir a un lugar perdido entre los cerros a comprar sus palos. Y cada vez más lejos, como si en lugares civilizados no hubiera madera.

Los pensamientos continúan invadiéndola y la rabia se va transformando en preocupación: "Pobrecito, tanto que se esfuerza, trabaja demasiado y de repente le va a pasar algo: un infarto, tal vez…". La ataca, también, la idea de que haya sufrido un accidente y, luego de darle varias vueltas, intenta calmarse diciendo que las malas noticias vuelan, son las primeras en saberse… Así, continúa cavilando hasta quedarse dormida de nuevo. De pronto, abre los ojos, mira el lado vacío de la cama y nota que ha aclarado; observa el reloj que descansa sobre el velador, son casi las siete y se pregunta si tal vez debiera avisar a carabineros. Pero de inmediato se desdice: la avergüenza parecer tan neurótica; insiste en pensar que no es primera vez que le da un susto de este tipo. De pronto, sus pensamientos la golpean: "¿Dónde se habrá metido? ¿Y si ha sufrido un ataque por miembros de un grupo extremista, de esos que andan por la zona incendiando y matando? Porque la posibilidad de que un empresario maderero sufra un ataque de este tipo no resulta tan distante...". Esa última idea la convence de que para asegurarse debe averiguar; será la única manera de quedar tranquila... Decide levantarse e ir al retén de carabineros. "Total está a solo cuatro cuadras de aquí, a ver si me ayudan a decidir qué hacer".

Salta de la cama y entra al baño, más decidida aún de averiguar qué le puede haber sucedido. Bajo la ducha revisa diferentes escenarios que tienen que ver con lo que podría haberle ocurrido. Se viste, convencida del todo de que, lo más atinado, dada la situación, es hacer la denuncia.

"¿No estaré exagerando?". Insiste en pensar que esta no es la primera vez que se queda por ahí, pero de inmediato lo imagina accidentado... o asaltado y golpeado, tal vez hasta muerto; su temor aumenta mientras baja la escalera intentando controlar sus nervios para mantener la calma.

"Maldito, en la situación que me has puesto...". De inmediato se desdice de aquella frase que se ha colado en su cabeza.

En el comedor, sus dos hijas toman desayuno antes de ir a sus facultades, en la Universidad La Frontera. Ella no quiere preocuparlas, de modo que en lugar de salir se sirve un té.

La mayor la observa mirar con detención la bolsa que ha sacado de la taza y cuelga de sus dedos.

—Te veo preocupada, mamá; el papá no llegó anoche, ¿verdad?

—No, hija, llegará más tarde.

—¿Llamó por teléfono?

—No, tú sabes lo difícil que es hacerlo desde esos lugares donde los celulares no funcionan.

—Cierto, bueno, acuérdale eso que me ofreció. Lo necesito para mañana.

—Sí, sí sabe, no te preocupes. Seguro lo comprará más tarde cuando vaya a la oficina.

—Nos vamos. Ya, hermana, toma tus cosas…

Cuando las niñas se alejan, Eugenia pierde la mirada a través de la ventana y se queda unos instantes poseída en un trance. De improviso se levanta de la silla, se acerca al lavabo con la taza, bota lo que queda de té y la lava con rapidez. Coge un abrigo grueso y abandona la casa. Aunque el retén se encuentra cerca, la lluvia la detiene: no está el día como para ir caminando. Vuelve a entrar y recoge las llaves de su pequeño *jeep*.

—Buenos días, señora, ¿en qué la puedo ayudar? —De la boca del guardia, parado ante la caseta de vigilancia, salen bocanadas de vapor. A pesar de llevar gruesos guantes verdes, se soba las manos.

—Quiero dejar, no sé, algo así como una denuncia. —Se siente ridícula, le molesta mostrarse tan aprensiva. Pero ya está ahí y vuelve a pensar que de seguro es lo mejor que puede hacer. Por lo menos, después estará más tranquila. "O al revés".

—Pase a la sala de guardia, señora, allí la atenderá mi teniente, él está de turno.

—Gracias. —Sube los cuatro escalones que conducen al interior del establecimiento y, entrando a un pasillo que muere en dos puertas de batiente, inmediatamente a la izquierda, está el salón donde se encuentra su objetivo—. Buenos días, teniente.

—Buenos días, señora, dígame, en qué la podemos ayudar.

Eugenia le explica la situación y lo observa, durante instantes, no mover más que los párpados.

—¿Es extraño que su marido no regrese sin avisar?

—Bueno, en general sí… aunque, no sé, a veces lo hace, según a dónde haya ido… pero debería haber vuelto, nunca deja la oficina así, sin que se sepa nada de él antes de cerrar, y eso ocurrió ayer en la tarde… por eso estoy aquí.

—Una información bastante poco clara, pero, en fin, está bien. Puedo tranquilizarla diciéndole que durante las últimas horas no han reportado ningún accidente en la zona, y ayer… ¿Cómo me dijo que se llama él?

—No, no le he dicho. Ricardo Santelices.

—A ver… No, no hay nadie con ese nombre reportado, y durante el fin de semana… No, tampoco. Así que por ese lado puede estar tranquila, si no se ha alejado mucho de la zona, no ha sufrido ningún accidente.

—Es que… fue hacia el interior, a las montañas, andaba buscando madera… Para comprar, me refiero, él trabaja en eso, lleva madera a Santiago y allá tiene una barraca.

—Ah, no tengo tampoco ningún parte del interior.

—Y dígame, oficial, ¿qué puedo hacer?

—Creo que deberá irse a su casa y esperar. Nosotros haremos algunas averiguaciones de qué pudo haberle pasado y le avisaremos.

—¿Averiguaciones?

—Bueno, no quiero preocuparla más de la cuenta, pero sí, nos contactaremos con la central y haremos algunas llamadas a los retenes de zonas aledañas y, si eso resulta infructuoso, también a los hospitales.

—Ah, sí, claro, la verdad es que no me tranquiliza nada.

—Señora, yo no estoy aquí para tranquilizarla, sino para mantenerla al corriente; disculpe que sea tan duro, pero no debe preocuparse más de lo necesario, no hay razones concretas para eso. Lo que me corresponde es seguir el protocolo.

—Sí, el protocolo... Entiendo.

—Es lo que corresponde. Apenas hayamos hecho las diligencias que atañe hacer, nos contactaremos con usted. Así que, si el caballero aparece, avísenos de inmediato... para cerrar el caso.

Ella abandona el recinto completamente desorientada y maneja de regreso a casa.

Ha transcurrido un día completo sin saber de su marido. A estas alturas los nervios la corroen y está convencida de que le ha ocurrido algo malo. Vuelve a la comisaría y las respuestas que recibe son similares a la vez anterior; nada se sabe de él y el oficial de turno insiste en observarla con una mirada que le parece socarrona. No necesita que le diga con palabras lo que piensa, es evidente, pero ella, aunque sabe que su marido no es un santo, se niega a pensar que se haya desaparecido enredado entre faldas extrañas. "Eso nunca lo ha hecho". Le sería difícil esgrimir una buena explicación. Pero como lo que recibe es una mirada que ella interpreta, no puede alegar en su defensa. Solo insistir en que algo grave le ha pasado. Ante la posibilidad de que haya sido atacado por algún grupo violentista, el oficial se mantiene en silencio durante algunos segundos.

Ella tampoco habla, obviamente espera a que él se pronuncie.

—Señora, claro que le puede haber ocurrido algo grave; se lo digo no para ponerla más nerviosa, sino que, porque eso siempre está dentro de las posibilidades, pero no nos pongamos tan pesimistas.

La mirada del funcionario, ahora, le parece algo más acogedora.

XVIII

Carabineros de Chile hizo su gestión protocolar y a primera hora, luego que Eugenia abandonara la tenencia de su zona, al pequeño cuartel del pueblo llega la misma indicación de investigar que a todos los lugares de la región de la Araucanía.

El teniente a cargo lee las líneas, que le indican los pasos a seguir.

—Mire, cabo, ¿no le parece que cada instrucción es más estúpida que la otra?

—Lo que usted mande, mi teniente.

—¡No, hombre, te estoy pidiendo una opinión! ¿No te das cuenta?

—Ah, es que como el trato que usó era protocolar…

—¿A ti hay que tratarte a puros golpes para que entiendas lo que te están diciendo? A ver, llámame al sargento y a los otros antes de que la patrulla salga a vagar por las calles, vamos a ver qué hacemos con esto.

Pasados unos minutos, se van presentando, algunos todavía vistiéndose. Les saluda y cruza algunas palabras con el sargento que acaba de entrar.

—¡Afirmativo, mi teniente!; ¡afirmativo, mi teniente!

Los claros ojos del joven oficial recorren a la pequeña tropa con lentitud.

—¿No podían presentarse un poco más ordenados, los perlas? Pero no será ahora, que yo me ponga a conseguir lo que la institución no ha logrado en toda su historia en estos lugares alejados del mundo… A ver, carabineros, tenemos un encargo. No creo que sea mucho lo que vayamos a aportar en este lugar donde nunca pasa nada, pero parte de nuestro trabajo es obedecer a las autoridades y los mandos que están arriba. Vamos viendo: El mensaje que nos ha llegado dice que un empresario maderero desapareció por aquí cerca… es de la zona, vive en Temuco y compra sus palos en diferentes lugares, pero parece que ahora le ha dado por abastecerse por acá. Así que primero díganme si alguno de ustedes, en sus nobles giras por los alrededores, vio a alguien que le resultara extraño. Total, no debiera ser tan difícil para sus inteligentes cabezas, porque no son muchos los vehículos que llegan por acá y tampoco son tantos los caminos por los que podrían venir.

—Pido permiso para hablar, mi teniente.

—Concedido, cabo, y mientras dure esta pequeña reunión, todos tienen autorización para intervenir, siempre y cuando no se atropellen con las palabras. ¿Entendido?

—¡Sí, mi teniente! —Todos ponen sus manos junto a sus gorras y golpean los lustrosos bototos.

—Lo estoy escuchando, cabo.

—Es un solo camino, mi teniente… digo, el que llega del bajo hasta aquí.

—¿Y?

—Eso, pues, que, si alguien ha venido, debiera ser fácil saberlo… A menos que no haya venido en auto.

—¿Y a usted le parece posible que un empresario de la ciudad, probablemente muy rico, o un político de paso, aparezca por aquí de a pie?

—No lo sé, mi teniente.

El teniente hace un gesto de desaprobación.

—¿Alguien más tiene algo que decir tan inteligente como lo que ha dicho el cabo?

—Yo, mi teniente.

—A ver, Carrera, ya que lleva un apellido tan noble, diga nomás.

—Alguien pudo venir en el bus que llega hasta el bajo… Porque, entre paréntesis, estaría bueno que aquí llegara uno, aunque fuera una vez a la semana. Yo sé que no vamos mucho a la ciudad, pero cuando lo hacemos, hay que caminar casi media hora por el barrial que dejan las lluvias. Además, así este pueblo jamás se poblará como es debido…

—Está bien, Carrera, pero le digo lo mismo que al cabo, y tenga en cuenta que no los he llamado para que inicien una protesta. Por lo demás, nuestros superiores están de sobra informados al respecto. Bueno, pero déjense de idioteces y a ver si alguno de ustedes abre la boca para decir algo que nos sirva. Porque entre tantos pares de ojos, por mucho que anden sacando la vuelta, ¿cómo no van a haber visto si llegó alguien en auto? ¿Acaso lo único que han visto ha sido a ese loco Pe, que anda de idas y venidas donde la Margarita y desaparece por días? Y no creo que se mueva en auto, ¿no?

Una risotada general responde al comentario.

—Por supuesto que no, mi teniente.

—Por supuesto que no qué, carabinero.

—Que obviamente no ha sido a Pe al que más hemos visto, si apenas se aparece por aquí, jamás arma tanda y se va derechito a donde su exmujer; y de ahí regresa calladito para allá arriba, a donde sea el lugar del que vino. Dicen que vive en la montaña. Pero no iremos a poner las miradas en él, ¿no?

Otra risotada se deja oír.

—A ver, qué dice usted, carabinero, a ver si por fin tenemos algo nuevo; ande, suéltelo de una vez.

—No, si no hay mucho que soltar, mi teniente, solo quiero decir que a la casa de la Margarita llega bastante gente; a algunos se les ha visto, a otros nunca; y vienen en auto, pero también de a pie, precisamente porque quieren pasar desapercibidos; son señores con familia y no quieren ser vistos, yo creo que dejan su auto en las cercanías... o alguien los trae, un chófer, un taxi... Total, tienen para pagar, y como a veces son bastante conocidos...

—¿Cree o le consta?

—No, mi teniente, por supuesto que solo creo. Pero como son *jutres*, no van a caminar media hora de a pie; así que a alguien le pagarán, digo yo.

—Bueno, abran bien los ojos... Y usted, sargento, encárguese de que algunos hombres se den una vuelta por el pueblo preguntando, a ver si ven algo, porque tengo que responder al mando mayor y no quiero hacerlo diciendo puras estupideces. Y creo que podrían partir por esa mujer, la Margarita, que recibe a cuanto sinvergüenza anda suelto, a ver si ha visto algo.

—Afirmativo, mi teniente, de inmediato me encargo. —Dirige la mirada hacia los carabineros—. ¡Firr...! ¡Rompan filas! —Saluda al teniente y es el primero en salir.

Los demás lo imitan.

El sargento instruye a dos subordinados para que dediquen el día a averiguar si alguien ha entrado al pueblo.

—Ya saben, en auto o a pie, o volando como los pájaros —les ofrece una fugaz sonrisa y ríe para sí mismo—. Y supongo que han comprendido por dónde deben partir, y no se me vayan a quedar enredados ahí, porque esa bruja es capaz de comérselos si se dejan estar. Así que nada de hacerse los machitos. Y no se me metan para adentro, claro, salvo que vean algo raro, por cierto; pero tendría que ser muy raro como para que me trague sus excusas.

—Descuide, mi sargento, mire que sabemos cuidarnos solitos. —El cabo Fermín Rebolledo esboza una sonrisa amplia, repleta de picardía.

—¡Cuidadito, Rebolledo! Mire que sé que usted es harto picado de la araña.

El carabinero que lo acompaña suelta una espontánea risa.

—Y usted, González, no se me venga a hacer el pavo, porque también le conozco varias. No se olviden que andan vistiendo el uniforme.

XIX

Rebolledo y González, parados ante la sólida puerta, se miran. Sus rostros denotan una evidente expresión de sorpresa.

—Oiga, mi cabo, ¿qué pasó aquí?

—No sé, parece que a la señora le bajaron aires de grandeza.

—O de inseguridad…

—¿Inseguridad aquí, en este lugar? Yo diría que con lo chiflada que está, andará tratando de creerse más, nomás.

—O no querrá que el Pe ese se le siga metiendo para adentro.

—Y tú, ¿cómo sabes tanto?

—¿Y quién no? ¿Acaso usted, mi cabo? No se me venga a hacer el de las chacras.

—Más cuidadito, carabinero, mira que, para saber tanto, hay que conocer de cerca… Pero mejor atengámonos a lo que nos encargó mi sargento. Mira, hay que reconocer que esta puerta tiene más presencia.

—Pero las de batiente eran más bonitas, bueno, claro que si de bar ya no tiene nada…

—Pero esta diabla sigue haciendo de las suyas aquí adentro.

Rebolledo agita el cordel que cuelga y una campana emite un estridente sonido metálico.

—¿Te has dado cuenta, González, lo triste que es este pueblo, perdido entre los cerros? ¿Y que aquí nunca pasa nada interesante? Estar destinado aquí es una tortura.

—Pero en el caso nuestro es nuestro pueblo, y a mí me gusta, especialmente el hecho de que sea tan tranquilo. No veo qué tendría de bueno que cambiara… Después de todo, es bueno que el bus no llegue hasta aquí…

Ambas miradas se dirigen hacia la puerta que se abre, dejando ante ellos de cuerpo completo a Margarita.

—¿Qué se les ofrece, muchachos, quieren entrar?

—No, gracias, sabes que no queremos nada de ti.

—¿No quieren o no los dejan?

—Más respeto con la autoridad, por favor.

—Claro, ahora que andan metidos en ese uniforme, se me ponen altaneros. Pero bueno, qué le vamos a hacer, así somos nomás. ¿Qué se les ofrece?

—No hemos venido a flirtear contigo, eso es para otros.

—Para los sin uniforme.

—Margarita, estamos intentando averiguar si durante estos días ha venido algún forastero por aquí. Y lo que sepas puede ser muy importante.

—¿Forastero? Forasteros, querrás decir. Porque sí, por supuesto que han venido, y varios, si me lo permiten, como de costumbre nomás. Si no fuera por ellos… Porque en este pueblucho, aparte de haber tan poca gente, nadie me quiere. Incluso los que se pasan a tirar una canita al aire conmigo sé que me andan pelando a mis espaldas… Y ustedes lo saben muy bien. Y también saben que las mujeres me aborrecen, y eso que no ando metida husmeando en la vida de nadie… Pero vamos a lo que los trae: ¿Qué buscan? ¿En serio que no quieren pasar? Podría invitarles un cortito, y no tendrían que pagar nada: cortesía de la casa. Y podríamos hacer una…

—Ya, esto no es una película. ¡Por favor, no nos faltes el respeto, que podrías meterte en problemas!

—Pero qué genio. Yo les voy a hablar igual cuando se aparezcan de civil, porque me están jodiendo. Ustedes tocan a mi puerta, yo les ofrezco hospitalidad y miren cómo me tratan.

—¿A quién se le ocurre pensar que podríamos venir por aquí? Pero bueno, mejor prosigamos con el interrogatorio.

—¿Interrogatorio?

—Sí, eso mismo. ¿No ves que andamos en comisión de servicio?

—¿Comisión…?

—Los tres sabemos que a este pueblo prácticamente no viene nadie, que no sea que caiga aquí, en tus enormes fauces.

—¿Enormes fauces? No le ponga tanto, mi carabinerito, que soy una servidora pública y a nadie me ando comiendo, para que lo sepan. Y hace tiempo que el negocio se acabó; no tiene nada de malo que yo tenga algunos amigos, probablemente más que cualquiera en el pueblo. Vienen porque quieren, nadie los obliga, y si no hay un lugar mejor donde lo puedan pasar bien, no es culpa mía. Y ya les dije, por suerte vienen. Y como también les dije, no puedo quejarme.

—No puedes quejarte… ¿Puedes decirme si ha venido un tal Ricardo… Santelices?

—¿Me pueden decir qué pregunta inteligente es esa?

Los carabineros se miran preguntándose si deben ofenderse.

—¿Ustedes creen que alguno viene con su nombre de verdad? ¡Por supuesto que no! Y yo no le voy a andar pidiendo su carné. Por lo demás, no hacemos nada malo, porque si andan por eso, debo decirles que no les cobro. No necesito hacerlo. Para eso tengo un marido que de bueno se pasó, y antes de decidirse a vagar por la vida, me dejó lo suficiente para vivir con comodidad y no tener que andarle cobrando a desconocidos. Lo que yo hago, lo hago por puro gusto...

—Sí, claro, por amor al arte... Pero no, no hemos venido a nada de eso. Solo investigamos la presunta desgracia de un hombre de la ciudad... Y la verdad, no nos has sido de mucha utilidad, pero ya volveremos, a ver si recuerdas los nombres de tus amigos.

—Se los puedo dar, pero no les servirá de mucho, como les dije, no creo que alguno de ellos me tire el que tiene de verdad.

El cabo Rebolledo intenta desde su lugar, indagar hacia el interior.

—Ya le dije, mi carabinerito, que si quiere entrar... —Echa el cuerpo hacia un lado, en abierta disposición a que entren.

—No, gracias; permítame una última pregunta: ¿ha venido alguno de estos señores, que haya sido desconocido para usted?

—Pero hombre... —Margarita está harta de este doble estándar, y el temor que la asaltó al principio se ha evaporado.

—Cabo Rebolledo, por favor.

—Cabo Rebolledo, está bien. La mayoría de los que vienen es por recomendación de alguien; siempre ha sido así.

—¿Y cómo llegan? Me refiero a cómo se movilizan... en qué.

—Sí entiendo, cabo, no soy tan tonta. Hay de todo, pues. En general no quieren dejarse ver. Algunos dejan su auto a unas cuadras, otros toman el bus hasta el bajo, allí consiguen que los traiga un taxi o qué sé yo, en realidad no les pregunto; supongo que ustedes comprenderán... No es tan difícil hacerlo, ¿no?

—Está bien, de acuerdo, ahora nos iremos; por favor, si se le ocurre algo que pueda darnos una pista, comuníquese con nosotros.

—Ha sido un gusto verlos, ojalá su visita se repita pronto... de una manera más informal, por supuesto... Porque hace tiempito que no se aparecen por aquí, como si sus guardianes no les dieran permiso.

Los policías acercan su mano a la visera de la gorra y se retiran.

Margarita no demora en cerrar la puerta.

—Yo creo que esta mujer esconde algo, mi cabo. La encontré demasiado hiperventilada. Como queriendo ponernos al tanto de todo para distraernos.

—Pero no nos dijo nada.

—Por eso mismo, pues, se hiperventiló y al mismo tiempo no nos dijo nada de nada.

—Creo que debiéramos haber entrado y revisado, por si hubiera algo sospechoso.

—Pero mi cabo, ¿acaso no oyó a mi sargento? Y si no encontramos nada, ¿qué le decimos? Porque ¿qué podríamos encontrar que fuera de interés para la investigación?

—¿Y tú piensas que de verdad cree que podríamos meternos con esta?

—¿Y por qué no. Si todos saben que más de una vez lo hicimos, y ahora que está dispuesta a hacerlo gratis...

—Por algo será, digo yo. Será para esconder la montonera de veces que sí cobra, y de paso, también el manejo de otros ilícitos...

—Y no tiene empacho en hacerse la servicial con nosotros, capaz que hasta nos pagara la muy viva… ¿Te das cuenta de que hicimos el más soberano ridículo ahí, en la puerta, dejándola reírse de nosotros hasta que le dio puntada? Y cómo lo estará haciendo ahora la muy zorra.

—Bueno, sí, tienes razón, pero el tema ahora es otro: ¿qué le diremos a mi sargento? Para poder investigar un poco más, digo yo.

—No sé, ya se nos ocurrirá… Pero ya sé, es muy simple, no sé cómo no lo pensé antes: simplemente le diremos la verdad, que no quisimos entrar para no echar a correr la lengua de alguien que nos pudiera ver, haciendo caso a lo que él nos dijo, pero que nos pareció rara su conducta, que creemos que ahí puede haber algún tipo de evidencia y, en una de esas, capaz que encontremos algo por qué detenerla.

—Está bien, no es mala idea; por ahora, continuemos con la diligencia. ¿Te parece si hablamos con el cura?

—No estaría de más, y con la señora sacristana.

—Y si nos damos una vueltita por la plaza, tal vez tengamos un poco de suerte y encontremos a alguien. El día está bonito, es la hora en que podría haber algunos jubilados.

—Ellos son más mirones que nadie.

—Habrán visto algo raro, digo yo.

—Claro, si hubiera algo raro que ver.

XX

Al acercarse a la casa de Margarita, Pedro se detuvo sorprendido al ver a los dos uniformados aparecer a la distancia y sin perder tiempo se escondió.

Más temprano, aún acostado en su precaria cama, mientras observaba el cielo de su cueva, percibió el placer que le dio el terror demostrado por Margarita al pensar que la partiría en dos. Siempre lo había menospreciado, de modo que no le extrañó su básica forma de reaccionar. Se felicitó por aprovechar la idea de desaparecer el cadáver de manera tan ingeniosa. Sonreía mostrando completa su desgastada dentadura amarillenta, jamás hubiera cometido la locura de asesinarla, pues su plan iba mucho más allá. Donde estaba, nadie podría hallarlo, porque ni siquiera encontrarían rastros de su mal olor. Una expresión cargada de perfidia producida por otra sonrisa, esta vez con claro aspecto malévolo, se apoderó de la totalidad de su rostro.

Va más atrás en el tiempo y recuerda cómo por amor terminó viviendo con Margarita en una pieza de mala muerte, ella tratando de ganarse la vida de la única manera que sabía, hasta que él logró el beneplácito de su padre y después le permitió hacerse cargo, sin restricciones, de su abultada herencia. Y ella, ¿cómo le había respondido? Había sido capaz de destruirlo todo. Una mujer como esa debía pagar por su maldad. Y él haría que eso ocurriera... Y se sentía orgulloso y contento de estar haciéndolo.

Decidido a continuar con su plan, saltó del camastro y abandonó la cueva. Esta vez no llevaba la guadaña ni la escopeta. Sí una gran sonrisa, esa que de un tiempo a la fecha reflejaba una extraña combinación de astucia y perfidia. También un cuchillo que colgaba del cordel con que sujetaba sus pantalones. Luego de coger de las trampas cercanas un par de liebres, las desnucó y echó en una bolsa. Después se dispuso a caminar hacia el pueblo.

Al llegar, de inmediato notó que las de vaivén habían sido reemplazadas por una gran puerta de pesados maderos. No había forma de que el radical cambio pasara desapercibido. Mientras observaba, intentando desembarazarse del desconcierto, en lugar de golpear, retrocedió unos pasos, como si eso le permitiera tener una mejor vista de aquella realidad. "Ya no es cuestión de llegar y entrar sin avisar". Observó la bolsa que colgaba de su mano y echó una mirada alrededor, para comprobar que la calle siguiera vacía. Pero se percató de la pareja de carabineros que a lo lejos aparecía tras doblar por la esquina. No deseando tener que responder a preguntas respecto de su vagancia, se distanció, hasta quedar semiescondido. Al sentarse en el suelo, desapareció entre unas plantas con buen follaje. Se alegró de no haberse mostrado. Donde estaba no sería visto y, de seguro, los uniformados continuarían por la calle hacia la salida del pueblo. Le extrañó verlos hacer esa ronda a pie, pues por lo general se acercaban motorizados a la carretera grande, donde podían multar a conductores ignorantes de sus planes.

Pero estaba equivocado: se detuvieron ante la puerta del antiguo cabaré.

Dispuesto a esperar el tiempo que fuera necesario, aunque no escuchaba, vio con claridad todos los movimientos, incluso las diversas expresiones en el rostro de ella, que reflejaban una sorprendente tranquilidad. De seguro los policías se tragaban su confiado desplante, su seguridad en sí misma; pero él sabía que su sentir era completamente distinto. ¿Qué estaba ocurriendo? ¿Podrían haber sabido sobre el asesinato? Pero ¿cómo? No, eso era imposible. Claro que si el hombre había desaparecido como un fantasma de la faz de la tierra… pero ella no sería tan estúpida como para haber recurrido a ellos por protección. Su curiosidad aumentaba con cada segundo que pasaba.

Cuando los uniformados han abandonado el lugar y desaparecido por la misma esquina que los puso en evidencia, Pedro atraviesa la calle y golpea.

—Otra vez estos malnacidos… ¿Qué querrán ahora? —Al correr el cerrojo, Margarita inventa su mejor sonrisa, que muestra con amplitud al abrir la puerta. Cuando ve su equivocación, la expresión varía del todo y, aunque su intención es cerrar de un portazo, los brazos no le responden. Apenas reacciona ante lo que le ocurre y decepcionada observa a Pedro introducirse sin dificultad. Con rapidez llega hasta la barra.

—Sírveme un trago, porque tú y yo tenemos mucho de qué hablar.

Ella, aunque indignada, está aterrada. No se atreve a contradecirlo. Coge una botella y obedece.

—Ahora, tú, destripa estas liebres y prepáralas al escabeche. Estoy aburrido de solo comerlas asadas.

—¿Y si no lo hago?

Él deja que la poca luz que los ilumina permita a su cuchillo emitir el brillo de su cacha metálica y la parte del filo que asoma bajo su cinturón de cordel.

Alfredo Gaete Briseño

Mientras ella afana en la cocina, Pedro la acompaña sentado en una silla ante una mesa, con un vaso de *whisky* en la mano.

—¿Qué querían esos?

—Pedro, ¿te parece poco lo que has hecho? Parece que el hombre ese tiene a alguien para echarlo de menos. Y tú, no sé si a sabiendas o sin haberlo previsto, me has involucrado hasta los huesos, ¡maldita sea!

—Pero no tienen cómo saberlo, así que anda despreocupándote, a menos que aparezca el cadáver, mira que si así fuera, estarías hasta el cuello.

—Ya lo sé, te lo acabo de decir…

—Sí, Margarita, hasta el cuello, porque si se enteran, no tienes mucho para explicar, ¿no? Ese tipo está lleno de tus huellas; qué cosas nos depara la vida a veces.

—¿Por qué de un de repente te has ensañado conmigo? ¿Qué te he hecho como para eso?

—¿Que qué me has hecho? ¿Cómo puedes ser tan desvergonzada? Me parece increíble. Si ni mereces que te explique… Y no tienes para qué desquitarte con esos pobres animales, que ya bien muertos están.

—No, claro, si es a ti a quien debiera estar descuerando, no a estos.

—Veo que no lo estás pasando de maravilla, no sabes cuánto me alegro por ti. —Lanza una sonora carcajada—. Ahora me voy; para cuando vuelva, espero que esos bichos se puedan comer. —Vuelve a reír con la misma euforia y no demora en abandonar la casona.

XXI

—¿Así que nada, sargento?

—Nada, mi teniente, tuve a dos hombres en la calle todo el día, preguntando.

—¿Y qué hay de esa tal Margarita? Una mujer que no es tan vieja, ¿no?

—De vieja nada, mi teniente, y es una arpía.

—Y usted, ¿cómo sabe eso?

—Aquí todos lo saben, mi teniente, y también usted.

—Cuide sus palabras, sargento. No me meta en su cambucho de suposiciones y chismes. Yo sé que algunos de ustedes, más de una vez se han dejado devorar por ella, porque les tiene más ganas que a nadie, pero conmigo, cuidadito, mire que no me ando metiendo en cualquier parte.

—Está bien, mi teniente, si yo decía nomás, no es para que se ponga así… Yo sé que usted es un hombre sano, pero también sé que no tiene un pelo de ingenuo, y menos de leso…

—Ya, ya, sargento, dejemos las adulaciones para otro día, que ahora no es el momento más adecuado… Así que siga contándome sobre esa visita que le hicieron sus hombres.

—Sí, mi teniente, prosigo: Debe saber usted que no se atrevieron a entrar, por lo mismo que estábamos hablando, y creo que es mi culpa. Los tengo amenazados para que no se vayan a meter ahí.

—Eso me parece muy bien, sargento, pero ahora andaban investigando; ¿les puso ella algún problema para entrar?

—No, mi teniente, por el contrario, la muy diabla los invitó a que lo hicieran... Y como usted bien lo ha dicho, hace tiempo que nos tiene ganas, a todos y a cada uno. Hasta a mí, que ya no soy tan niño... Y a usted también, por supuesto; creo que hasta estaría dispuesta a pagarle, y no poco. Sería para ella de lo mejor que algunos de nosotros nos involucráramos apresados entre sus garras...

—Pero sargento, era una oportunidad inigualable para conocer qué pasa ahí adentro, precisamente, sin involucrarnos directamente. Supongo que sus hombres tendrán los pantalones bien puestos, ¿o ahora hay que colocarles calzoncillos con candado?

—Mis dos hombres me dijeron lo mismo que usted, mi teniente, pero no quisieron desobedecer mis órdenes y, bueno, creen conveniente ir de nuevo, y en las condiciones que precisamente usted propone.

—Por fin dos que piensan algo. Vaya mañana con ellos y se las arreglan para que los deje hacer una revisión completa del lugar, y asegúrense de tirarle la lengua todo lo que puedan. Porque es cierto que los pocos foráneos que aparecen de vez en cuando por el pueblo, son moscas que aterrizan ahí. A ver si entre las rendijas encuentran algo que valga la pena. Que el cabo primero se encargue del patrullaje... Y recuerde que no tenemos una orden, de manera que deben ser en extremo prudentes. Deberán exponerse para que ella los invite de nuevo a entrar, y arreglárselas para husmear lo que más puedan, pero le insisto, con mucha prudencia. Mire que, si esa señora nos puede tirar encima alguna acusación por abuso de poder, no lo pensará dos veces.

—Puede estar tranquilo, mi teniente, como iré con ellos, me encargaré personalmente de que la forma sea aprobada por ella. Incluso más, buscaré la manera de que sea ella quien tenga la iniciativa para que podamos hacer nuestro trabajo.

Luego de golpear sus botas y llevar la mano a la visera, el sargento recibe la venia de su superior y abandona la estancia.

XXII

Una vez más el cabo segundo y el carabinero quedan enfrentados a Margarita, esta vez acompañados por su sargento.

—Buenos días, señora.

—Buenos días, oficial, qué guapos se ven los tres...

El rostro del uniformado al mando enrojece.

—Sargento nomás, señora; de todas formas, gracias.

—Si es por aclarar, entonces señorita nomás, sargento... Pero disculpe, es que con ese uniforme se ve tan guapo... ¿En qué puedo servir a su merced?

—Disculpe la molestia, señorita, pero hemos sido comisionados por los altos mandos para hacer algunas indagatorias.

—¿Tiene que ver con lo que andaban haciendo estos jóvenes ayer?

—Sí, señorita, es por lo mismo. Ellos me informaron que por aquí pasan muchas personas.

—Pero si usted lo sabe, sargento, para qué se hace el que viene de las chacras.

—Disculpe... señorita, pero lo que nos trae hasta acá es un asunto muy serio. Le pediría que no lo eche a la chacota.

—Pero si yo decía, nomás. —Su cara aumenta la expresión de picardía—. No tiene para qué enojarse conmigo. Efectivamente, tal como usted dice, gracias a Dios por aquí vienen muchos caballeros a conversar, y por qué no decirlo, también a echar una canita al aire.

—Pero usted dice no saber cómo se llaman esos caballeros.

—O sea, claro que recuerdo algunos nombres. Muchos de ellos son amigos asiduos. Pero no creo que le sirva de mucho, porque como les dije a los jóvenes...

—A los carabineros, por favor.

—Sí, por supuesto, disculpe. Como les dije, no creo que les sirva de mucho, porque por su seguridad se cambian los nombres.

—Así que amigos asiduos... Y dígame, de los no tan asiduos, ¿cuántos han venido ahora último?

—¿Durante esta semana, se refiere usted? Bueno, si mal no recuerdo, fueron solo dos.

—¿Y durante la anterior?

—A ver, déjeme pensar... También dos... No, perdón, fueron tres en realidad.

—¿Y sus nombres?

—De los que vinieron durante esta semana, uno dijo llamarse Pedro... Lo recuerdo bien porque es el nombre de mi exmarido. El otro, un tal... "Dime flaco —me dijo—, o querubín, o como se te dé la gana". Así que le puse señor desconocido, y nos reímos harto con eso...

—¿Y los tres de la anterior?

—Bueno, como usted me dijo, eran nuevos, así que... no estoy segura. Con seguridad, podría decirle que ninguno se llamaba Pedro.

—No le encuentro la gracia, señorita.

—Pero sargento, ¿qué quiere que le diga? ¿Quiere que le invente nombres? ¿Usted se sabe el de los conductores que ha infraccionado durante el último tiempo? Y eso que se queda un buen tiempo con sus documentos, ¿no?

—Eso es completamente distinto. La relación que tienen con usted es totalmente diferente.

—¿Por qué? ¿Porque se encaman conmigo? Sepa que no entro con ellos en mayores confianzas. Una cosa es trabajar o pasarla bien, y otra muy diferente, andar intimando más de la cuenta… Así que, en realidad, me importa un comino cómo se llamen, sobre todo los que probablemente no vea nunca más.

—Me dijeron mis hombres que usted los invitó a entrar.

—Por supuesto, sean ustedes bienvenidos cuando quieran. Es cuestión de que se acerquen nomás, aquí podrán sentirse mejor que en su casa. —Una sonrisa rebosante de malicia se dibuja en su cara.

—Bueno, como puede ver, aquí estamos.

—Con una orden, imagino.

—Podemos conseguirla y regresar. El mandato para investigar, como le dije, viene de arriba, así que no creo que nos demoremos mucho…

—Pero no se ponga así, sargento, si yo decía nomás, por bromear. ¿No ve que los carabineros aquí presentes se hicieron de rogar ayer? Y que no digan que no insistí, pero actuaron como si yo tuviera lepra. Así que pasen, pasen, como les dije, sientan que están en su casa.

Guiados por Margarita, entran y caminan hasta el bar.

—Siéntanse cómodos, les serviré un engañito. ¿Un pisquito, tal vez? Porque aquí nunca les va a faltar. O prefieren algo más dulcecito, como una mentita o una manzanilla.

—No, gracias, como puede ver, estamos de servicio. Quisiéramos recorrer el lugar, pero solo si usted nos autoriza. No quisiéramos importunarla. Es solo por si alguien ha dejado una huella que nos sirva; pero entre nosotros, más bien para justificar nuestra investigación. Por eso quisiéramos su cordial colaboración.

—No, cómo me va a importar, por supuesto que no, sobre todo si me lo está pidiendo tan caballerosamente. Va a hacer que me sonroje. Así que pueden moverse aquí a sus anchas, aprovechando por lo demás que estoy sola.

—Entonces, ustedes dos recorran el lugar con los ojos bien abiertos y me informan de cualquier hallazgo. Yo, por mientras, conversaré con la señorita.

—Mientras ellos hacen su trabajo, acépteme un traguito, sargento, si no le va a hacer nada. Se ve que es bien macho. Yo tomaré uno y usted me acompaña, ¿le parece? —Abrió una puerta inferior, sacó dos vasos pequeños y los colocó sobre la barra, al tiempo que ofrecía una coqueta sonrisa.

—No, gracias, ya le dije que estoy de servicio… Y tengo que dar el ejemplo.

—Sí, está bien. ¿Le importa que yo…? —El líquido verde de la botella cae en el pequeño vaso.

—Por supuesto que no, total está en su casa... Parece que hoy no es tan buen día, ¿no? Imagino que sus amigos, como usted les dice, caerán sin previo aviso.

—Depende, hay algunos que avisan, otros… Como en todas las cosas.

—¿Y espera a alguien?

—No, ahora no. También tengo que descansar, ¿no le parece?

—Sí, claro. Y este bar, ¿solo es algo así como el *living* de su casa?

—Usted lo ha dicho, fíjese.

—Y cambió la puerta.

—Sí, pero eso es un tema triste… Mi exmarido, ¿sabe? Es que me acosa demasiado, pero no voy a hacer el ridículo yendo a contárselo a ustedes; se retorcerían de la risa.

—Bueno, una mujer como usted…

—Claro, de la vida querrá decir, por no ser grosero.

—Allá usted con la vida que lleve. Mientras no cruce los límites…

—¿Los límites de qué? ¿De la moral?

—Digamos más bien que de la ley y las buenas costumbres.

Margarita observa a los dos carabineros subir por la escalera y desaparecer. Los imagina, uno entrando en su cuarto, el otro, tal vez continúa hacia el fondo.

—La veo un poco nerviosa.

—Quién, ¿yo? No, nerviosa no, pero claro que molesta. A usted no le gustaría que la policía se le fuera a meter a su casa, ¿no?

—Ciertamente no, pero recuerde que usted nos ha autorizado; además, mi casa no tendría por qué llamar la atención de nadie.

—Pero la mía sí, claro. Yo con mi vida puedo hacer lo que se me venga en gana, ¿sabe? Y no necesito andar a escondidas ni cambiándome el nombre como hacen esos señores elegantes, que ni siquiera se atreven a llegar en su auto. Casi todos lo dejan en otra parte, incluso algunos se dan la molestia de caminar un buen rato, hasta por huellas, para que nadie vaya a notar su presencia.

—Bueno, de ser ellos, usted y yo también haríamos lo mismo.

—De ser ellos, pero se habrá dado cuenta de que no lo somos. Y no son mejores que nosotros; yo, al menos, no me ando escondiendo como ellos.

—Sí, ya me lo dijo.

—Y no me cansaré de repetirlo.

—Y cuénteme, ¿qué hacen además de...?

—Bueno, como verá, nos tomamos unos traguitos, ¡salud! ¿Está seguro de que no quiere uno? Mire que a mí sí me hace falta otro. —Destapa la botella con agilidad y se la muestra.

—No, gracias.

—Está bien, pero no se me vaya a arrepentir después; en todo caso, aquí estará esperándolo cuando desee.

—Es bien descarada usted...

—¿Descarada? ¿Porque le brindo mi hospitalidad, en circunstancias de que ha venido con dos hombres a trajinar mi casa?

—Su casa... —Se para de su alto asiento al notar la presencia de sus hombres.

—No encontramos nada, mi sargento.

Ella sonríe una vez más.

Él ve que sus subordinados dirigen los ojos a la barra a donde él se encuentra, se miran y sonríen.

—Está vacío. —Coge el vaso y lo voltea para mostrar que no hay restos de licor en él.

—No, jóvenes... perdón, carabineros; si el señor, o sea su sargento, no quiso aceptar mi hospitalidad.

—Está bien, señorita, esperamos no volver a molestarla.

—Ya le dije, sargento, vengan cuando quieran, serán bienvenidos. Y ojalá estén de franco, así puedo atenderlos como se merecen. Y si vienen de a uno, mejor todavía. —Vuelve a sonreír, mientras caminan hacia la puerta. Al abrirla, el sol les pega en la cara. Se queda viendo cómo se alejan. Siente una profunda satisfacción consigo misma y cierra la puerta—. ¡Malditos bastardos!

Luego camina con prisa hacia la escalera y sube a su cuarto. Observa la cama, levanta el colchón para mirarlo por debajo y suelta un bufido. "Menos mal que lo forré". Observa el lugar donde se encuentra el tajo hecho por la guadaña y no hay rastro de él. Piensa en las sábanas y la frazada que se encuentran colgadas secándose en el jardín detrás de la casona y sonríe.

—Pasaste la prueba, querido colchoncito. —Se deja caer en la cama sin siquiera quitarse los zapatos y se queda observando el cielo, cuyo blanco original se ha ennegrecido un tanto. "Cómo ha pasado el tiempo". Cierra los ojos y piensa en qué habrá ocurrido con el cuerpo. ¿Dónde lo habrá dejado Pedro? ¿Cómo lo sacó de ahí? ¿Lo irá a encontrar alguien? Pensarlo desnudo e impregnado de sus huellas y fluidos corporales, la hacen expeler una transpiración pegajosa. Luego de casi una hora, el cansancio la vence por sobre la angustia y el miedo.

XXIII

Pedro agradece a la buena suerte haber llegado después que los tres policías y, a la distancia, detenerse antes de ser visto y volver sobre sus pasos.

Por la tarde regresa y se hace anunciar con la campana, tirando del cordel.

Margarita aparece en la puerta, y al verlo, mientras él le dice que ha venido por su almuerzo, cierra con violencia.

Esta vez Pedro lleva consigo un hacha. Luego de un rato en que se mantiene quieto, como bajo los efectos de un *shock*, se cerciora de que la calle continúa desierta y arranca la cerradura con un certero golpe.

El ruido sobresalta a Margarita, quien se ha detenido a beber un trago para pasar el nerviosismo. Sin comprender qué ocurre, ve la puerta abrirse con violencia. Pedro entra con el largo mango de la herramienta apoyado en su hombro, mientras sonríe con esa expresión que se le ha hecho frecuente.

Parado al otro lado de la barra, mantiene la mirada fija sobre sus ojos.

—¿Así que no me ibas a abrir? ¿Te ibas a comer solita las liebres?

—…

—Y ahora te quedas muda… Pues fíjate que me aburrí de aguantar tus insultos. Te habrás dado cuenta de que te odio tanto como una vez te amé. Porque tú me lo robaste todo y te reíste a gritos en mi cara. Y bueno, pues aquí me tienes, ¡me aburrí!

—Pero no tienes nada que andar haciendo aquí.

Un golpe de puño cae en el rostro de Margarita, como si hubiera salido de la nada.

—Esto es mío. Me lo has robado. Eso te costará caro, muy caro.

Ella ha quedado pegada al muro; aterrada, corre hacia la escalera y sube veloz. Lleva la mano hacia su cara y cubre su ensangrentada boca.

Pedro se sirve un trago que bebe con calma, luego otro, y uno más. Observa su dedo anular, y junto al anillo, una pequeña mancha de sangre. Lo ataca la tentación de seguirla, pero no sucumbe. La mataría y no es su idea... de momento. Además, de seguro se encerrará con llave, aunque si lo hiciera —sonríe con ironía—, otro hachazo bastaría, pero en su cabeza tiene otro plan. Observa el vaso, la botella, y lleva el gollete a su boca. Luego de beber lo que queda, regresa a la calle.

Una hora más tarde llega a los pies de la montaña y asciende silbando hasta su cueva.

XXIV

En su cuarto, Margarita ha echado el cerrojo a sabiendas de que Pedro podría romperlo sin dificultad, pero no sabe qué más hacer para protegerse. Se acerca a la ventana y mide el riesgo de saltar. No está muy alta, pero el golpe sería demasiado violento.

—Estúpida, me he encerrado y me atrapé sola. —Recuerda la conversación que sostuvieron el día anterior, luego de que él jugara con el reflejo que emitía su cuchillo adornando el cinto; por supuesto, nada de amistosa. Y ahora, la puerta de entrada está destrozada, y si los policías regresan, ¿qué les dirá?

"Bueno, ya se me ocurriría, total es mi ex y no tengo por qué acusarlo, total, lo nuestro es cuestión de nosotros… No tienen nada que andar metiéndose".

Pero no está dispuesta a hacer lo que él le indicó. Jamás se desprenderá del dinero que le queda, y aunque es mucho más de lo que necesita para vivir tranquila toda su vida, por ningún motivo lo compartirá. Por lo tanto, se le ocurre que debe librarse de él; tendrá que idear una forma de eliminarlo. Y ¿cómo hacerlo sin dejar rastro? Angustiada percibe que no llega una respuesta a su mente, ni siquiera una básica. Él le ha tomado la delantera y no sabe cómo detenerlo.

Extrañada por la quietud y el silencio, se acerca a la puerta y corre con lentitud el cerrojo, aterrada de que una patada o un empellón deje a Pedro de cuerpo entero en la habitación.

Pero nada de eso sucede. Se asoma, da un par de pasos, se acerca a la escalera, y desconcertada por no verlo alrededor, comienza a bajar.

Observa la botella vacía y no demora en comprender que se ha ido. "¿Qué tramará? ¿Cuáles serán sus siguientes pasos?". Necesita algo que le dé tranquilidad para pensar con más claridad. Retira otra botella del mueble inferior y sirve un vaso hasta la mitad. Cierra los ojos y bebe. Percibe el licor quemándola.

Sobre la barra observa dos gotas de sangre. Recién se percata de que no ha limpiado su boca. Coge una servilleta y cubre la herida. Camina hacia la puerta y pone los ojos en la cerradura desprendida para dimensionar el daño, el que en ese momento le parece mayor; piensa que el perjuicio solo será reparable con una puerta nueva. Lamenta no poder denunciarlo. "Sería una locura". Tendrá que defenderse sola y vuelve a pensar en que el único camino posible es deshacerse de él.

Regresa hacia la escalera y sube al baño para lavar su cara y curar el labio.

Frente al espejo, la sangre continúa saliendo. El anillo ha producido mucho daño. Pero como tampoco quiere recurrir a un centro hospitalario, tendrá que valerse de sus limitados medios: un pañuelo y abundante alcohol, que la hace gritar, y llora con ira.

XXV

Mientras regresa a la cueva a encontrarse con su extraño socio, Pedro recuerda las últimas escenas vividas en la habitación de Margarita. Ríe a carcajadas, transpira y le lloran los ojos, que limpia con la mano.

Recuerda el cadáver. Cómo apenas abrió los ojos, dejando que se colara un pequeño hilo de luz. De inmediato volvió a cerrarlos. Con lentitud lo intentó de nuevo mientras se sentaba, aún en el suelo.

—Estoy todo pegoteado con la sangre de esa maldita liebre. ¡Puaj! En fin, con esto termina mi parte en el trato. Ahora le toca a usted cumplir la suya. Apenas puedo creer que me metiera en esta locura por hacer un negocio… Aunque debo reconocer que ha sido toda una experiencia, hasta entretenida, incluso. —Su rostro exhibe una sonrisa—. Soy un actor de primera línea.

—Sí, lo ha hecho muy bien. El susto que se acaba de llevar esta mala mujer, jamás lo olvidará, tampoco el curso que tomará este asunto. Y ahora, límpiese un poco, pero no aquí, porque si Margarita despierta se nos arruina todo. Aprovechemos que ella misma lo ha facilitado con su desmayo, y evitó que tuviera que darle un culatazo en la cabeza. Vaya al que está casi al fondo y yo vigilaré por si despierta.

El hombre se puso de pie y salió al corredor.

—Después, preocúpese de abandonar la casa sin que nadie lo vea. De lo contrario, tendríamos que armar todo un cuento para justificar su presencia. Deberá hacerlo por atrás, como convinimos.

—Sí, por supuesto, por delante sería demasiado peligroso.

—Y se interna por el bosque. Y nos veremos más tarde en la entrada a la cueva para arreglar las cosas que aún tenemos pendientes; en su favor, por supuesto. Ah, y recuerde que nuestro acuerdo fue no desproteger el entorno a la cueva… Así que talará únicamente la parte convenida. No le permitiré dejar un peladero.

—Por supuesto que no, tenga la seguridad; si de usted, podría esperar cualquier cosa… ¿Y qué hará con todo el mugrerío que hemos dejado? No debemos dejar huellas que alerten a esta mujer.

Una sonrisa amplia, cargada de ironía, aparece en el rostro de Pedro.

—Ella ahora está dormida, pero cuando despierte será la que tenga harto trabajo aquí… Ya se le ocurrirá qué hacer con todo esto.

—Mis huellas y fluidos están por todas partes.

—¿Y qué importa? Sin cuerpo del delito, tal como usted mismo dijo, ¿qué podría hacer?

—Tiene razón, es que por un momento me dejé llevar por la situación… Y usted, ¿no saldrá conmigo?

—No, yo aún tengo un par de cosas por hacer. Así que más tarde, espéreme donde quedamos, nomás.

—Pero apúrese, porque en este lugar no hay ni una sola puta señal para el celular, y ni cerca. No he podido avisar a mi casa, aunque eso no es lo que más me molesta. Tampoco me he comunicado con la oficina, y como siempre he dicho: "Al ojo del amo engorda el ganado". Tendré que ir para aparecerme por allá, y volver a venir, esta vez con los taladores.

Pero antes quiero llevarme, aunque sea un papel con su compromiso, porque hasta ahora no tenemos más que la palabra. Yo sé que aquí la gente es honesta, pero usted comprenderá que nunca se sabe; y nosotros, venimos conociéndonos recién. Usted también querrá dejar las cosas claras, para que tenga la seguridad de que no me meteré en terrenos prohibidos... —curvó un tanto los labios—. Claro, usted no necesita ese tipo de tranquilidad... Le decía que debo irme pronto, porque allá están acostumbrados a mi presencia y soy bastante estricto en eso, es la mejor forma de evitar robos... En exceso, por supuesto, porque siempre se las arreglan para sacar unos palos por aquí y otros por allá. Aunque por una sola vez que no estén mis ojos encima, no creo que se alcance a producir mucho daño.

Pedro lo mira alargar su verborrea, no muy interesado en saber detalles de su vida laboral. Para él también esto es un negocio y quiere terminarlo para abocarse de lleno a lo de Margarita.

—Váyase, entonces, que los árboles no se moverán de donde están. Después le firmo lo que quiera.

—Está bien, la verdad es que, si he confiado en usted, no tiene sentido comenzar a desconfiar ahora; así que me iré, tómelo como una muestra de amistad.

Se despiden y a la salida de la habitación, Pedro queda pensativo. Le ha gustado eso de "una prueba de amistad". Mientras lo ve descender por la escalera, su memoria evoca la aparición de aquel tipo.

Observaba hacia el bajo, cuando a la distancia lo divisó. Parecía deambular a caballo en las cercanías, acercándose peligrosamente a la cueva. Pedro, interesado en alejarlo lo antes posible, dirigió sus pasos hacia esa zona y no demoró mucho en salir a su encuentro. Con su tono apacible le preguntó qué hacía por ahí. El hombre lo miró con desconfianza y un gesto de desprecio apareció en su rostro.

Pedro se le plantó por delante.

—¿Sabía que esta es propiedad privada, señor?

—Imagino que tendrá que ser de alguien.

—¿Y qué hace por aquí, si es tan amable en decirme?

El intruso percibió una gran molestia ante aquel harapiento, al mismo tiempo, sorprendido por sus delicados gestos y su excelente dicción.

—¿Me puede decir qué puede importarle a usted lo que hago aquí?

Pedro pensó en sus armas, ir a buscar la escopeta y amedrentarlo, pero decidió no mostrarse más de lo conveniente.

—Vivo por aquí, señor, si me permite decirle, y le repito que es propiedad privada.

—¿Y quién es usted? —De inmediato se arrepintió de haber hecho aquella pregunta. Pensó que el asunto se podía complicar y lamentó haberse aventurado solo.

—Si me permite decirle, soy el dueño de estas tierras.

—¿Usted el dueño…? —Exhibió una sonrisa arqueada. "Pobre infeliz, seguro que es un vagabundo trastornado; mejor me muestro más amigable y le sigo la corriente".— ¿De todo esto?

—Exacto, tal como le he dicho. —Indicó con su brazo extendido, girando algunos grados—. Por eso me gustaría saber por qué se ha adentrado en mis tierras. —Lamentó no haber bajado con la escopeta. De inmediato volvió a pensar que era mejor así, pasar por vagabundo.

El jinete, haciendo caso nuevamente a su sentido común, jaló las riendas, hizo rotar al caballo y se alejó a paso lento por la pendiente...

La mente de Pedro regresa al presente. Vuelve a la habitación, coge sus armas y con delicadeza cierra la puerta. Pasará por el bar a retirar algunas botellas. Aquello le produce una pequeña sonrisa.

Antes de dejar el bar bebe unos tragos, como si el tiempo no corriera y Margarita jamás fuera a despertar. Su memoria lo lleva a cuando pusieron en venta el campo. No demoró en presentarse a la oficina de corretaje de propiedades, un agricultor interesado; solo que, en sus planes, no entraba hacerse cargo del cerro, por lo cual negoció dejándolo afuera de la compraventa. En vista de aquello, esas hectáreas quedaron a disposición de Pedro, pues Margarita, en poder de la suculenta suma de dinero recibida, se las cedió para que se perdiera en ellas lo más que pudiera, diciéndole que podría recordar a diario a su padre y gozar a su antojo de la belleza de aquella formidable naturaleza. Aquel gesto de agradecimiento y amor —según le confesó ella, tal cual— fue parte de su treta para ser autorizada por él y poner a su nombre las inversiones que posteriormente hicieron.

Salta en el tiempo y recuerda la mañana siguiente a la aparición de aquel poco gracioso jinete solitario. Mientras Pedro buscaba alguna presa para cazar, que no fuese una liebre, lo divisó acercarse peligrosamente a su guarida. Con la escopeta en la mano, fue a su encuentro, pero no le apuntó.

—Ha regresado, señor.

—Así es, y le pido disculpas si le parecí poco amigable, pero andaba solo y usted sabe, encontrarse con un desconocido en lugares como este es preocupante, por decir lo menos.

—Sí, entiendo. Pero ha vuelto. Tal vez ahora pueda decirme qué busca.

—En el pueblo me dijeron que usted… supongo que es usted don Pedro… Bueno, me han dicho que es el dueño de todo el cerro.

A Pedro le gustó ese "don" antepuesto a su nombre, tan diferente a ese displicente "Pe".

—Le han dicho bien, señor; sí, soy yo, se lo dije ayer. Y ahora, ¿puedo saber qué se le ofrece como para haber subido dos veces hasta aquí?

—Bueno, aunque le parezca raro, estoy interesado en comprar un bosque… Pero los árboles, solamente. Me los llevo y devuelvo el terreno enterito a su dueño.

—¿Habla de talar?

—Exactamente, de eso hablo.

—¿Para convertirlo en madera?

—Así es, tal como usted dice; de hecho, veo que en el bajo ya echaron abajo una cantidad…

—Sí, fue mi padre. Decía que este bosque sería un gran dineral.

El recién llegado bajó del caballo.

—O sea, ¿está de acuerdo en venderlos? Digo, los árboles.

—En realidad, no.

—Pero cómo, usted sabe que podría sacar buenos dividendos.

—Pero no me interesa echarlos abajo y dejar todo pelado. En realidad, la plata no me hace falta; como puede ver, no necesito más de lo que tengo para vivir. Me las arreglo bastante bien, y si de plata se trata, estoy viendo la forma de recuperar una con la cual me estafaron, y con eso más que me sobra. Y no me interesa recuperarla para ser rico, pero sí... Hoy por hoy, son otros mis planes.

El desconocido, al percibir en Pedro un perfil fácil de adivinar, confiado en sus habilidades negociadoras, consideró rentable proseguir la conversación en busca de alguna puerta que abriera paso para conseguir su buena disposición.

—Y ya que no es cuestión de plata, ¿qué pediría para venderlos?

—No entiendo a qué se refiere.

—Me ha dicho que no necesita la plata, pero sí tiene otros planes.

—Nada que le interese, señor.

—No, si solo lo digo para ayudarlo. Por favor, no se moleste conmigo; es que en mis correrías comprando madera he visto tantas cosas… No imagina las peripecias que hay que hacer muchas veces para conseguir árboles, porque como usted, son muchas las personas que no solo ven valor en el dinero. Incluso, a muchas no les gusta que les hablen de dinero. Así que créame que lo entiendo.

Pedro se mantuvo en silencio durante algunos momentos que el recién llegado respetó. Eso le gustó, precedido por el hecho de encontrarse por primera vez con una persona que se interesaba por lo que a él le pudiera estar ocurriendo y decía comprenderlo. Desconfiaba, por supuesto, y sabía que el hombre tenía sus propios intereses, pero ¿quién no? Se dio cuenta de que le comenzaba a caer en gracia.

—¿Así que hay harta gente a la que no le gusta hablar de plata? ¿Y de qué otra cosa le gusta hablar?

—¡Uf!, de muchas cosas; aunque después de entendernos y cuando ven que el dinero les sonríe, entonces sí les gusta hablar de eso; claro que siempre les gusta hablar también de otras cosas, principalmente relacionadas con su situación personal… —Al ver que Pedro no interrumpía, pensando que hablar de asuntos personales siempre le había dado buenos dividendos en sus negociaciones con los campesinos, adquirió más confianza—. Es gente muy sola, o matrimonios con evidentes problemas de desavenencia, o con serios inconvenientes en su relación con los hijos, o hermanos víctimas de desacuerdos frente a la herencia de su campo… En fin, la lista es muy larga.

—Y entre ellos, ¿ha encontrado problemas de odio y deseos de venganza?

Sonrió; definitivamente, su habilidad para mantener vigentes las conversaciones era irresistible.

—Por supuesto. No es difícil que, entre las personas, cuando alguna se siente invadida y perjudicada, surjan sentimientos de ese tipo.

—Ah, muy interesante… Pero como le dije, no estoy interesado en echar abajo mis árboles.

—Está bien, y créame que no quise molestarlo. Lamento haberlo importunado. Seguiré buscando, a ver si por los alrededores a alguien le interesan mis condiciones. —Extendió la mano para despedirse.

Pedro lo observaba casi sin pestañear. Su conducta realmente lo tenía impresionado.

—Yo no lo conozco a usted, señor…

—Soy Ricardo Santelices. —Mantenía extendida su mano.

Pedro la tomó con la suya en señal de saludo.

—Y usted se interesa en mí… Soy Pedro.

—Sí, don Pedro Rodríguez, me dijeron.

—Por mi padre, ¿sabe?

—Por su padre, sí, claro.

—¿Así que ha estado con personas que odian y desean vengarse?

—Sí, claro, tal como le dije. ¿Por qué? ¿Por qué le interesa?

—Es que tiene que ver con lo que usted dijo, eso de odio y venganza. —Le soltó la mano y se quedó mirando hacia un lugar que parecía indeterminado.

—¿Cómo?

Regresó la mirada hacia el sujeto.

—Eso, pues, que le toca tratar con muchas personas así… y bueno, puede que se encuentren en una situación similar a la mía…

—¿Similar a la suya?

—Sí, y gracias por interesarse.

—No, no es nada, puede confiar en mí, tal vez pueda ayudarle… digo, si es que necesita ayuda, por supuesto.

—¿Ayuda? ¿De qué tipo?

—Bueno, soy un buen confidente… Como le dije, es parte de mi trabajo. Debo conversar mucho, y con harta gente.

—Es usted bastante interesado, aunque debo reconocer que también honesto.

—¿Y por qué no ser interesado? ¿Quién no lo es? ¿Me creería usted o cualquier persona que recién me viene conociendo, si le dijera que mi comportamiento es por solidaridad o amistad? No ¿verdad? Pero sí pueden darse cuenta de que soy honesto, usted mismo lo acaba de decir. Y sé que muchas veces puedo ser de ayuda. Como le he dicho, en diversas ocasiones me ha ocurrido que lo soy, y eso al final es lo que cuenta, ¿no le parece? Es lo que la gente más agradece, y entonces, esos dos ingredientes: la honestidad y la ayuda, permiten establecer relaciones valiosas, también conversar con mayor disposición, y eso abre ventanas. Yo no ando buscando aprovecharme de la gente, sino muy por el contrario, siempre busco que ambos obtengamos ganancias que para nosotros sean importantes. Por eso, de ahí han nacido buenos negocios, pero como le digo, buenos negocios para ambos. Si usted y yo nos creemos y estamos dispuestos a ayudarnos, entonces nos podemos sentar a conversar y lograr algún acuerdo beneficioso para ambos.

—Pero como le dije, no quiero vender mis árboles; además, hoy por hoy, es todo lo que tengo.

—Hoy por hoy, pero ¿y mañana? Me ha dicho que anda detrás de ordenar ciertas cosas y hacer justicia.

—¿Y usted dice que me quiere ayudar?

—Por supuesto, mi querido amigo.

—¿Y por qué cree que podría?

—Ya le dije, porque estoy acostumbrado a lidiar con este tipo de situaciones.

—¿Este tipo…?

—Sí, o sea, situaciones odiosas, como la suya, porque lo es ¿no?

—Sí, por supuesto.

—Y quiere que deje de serlo.

—Por supuesto, ¿qué cree usted? De acuerdo, podemos sentarnos a conversar; le confieso que jamás he tenido un amigo, así que no sé bien cómo es eso, pero me gusta la idea. Soy una persona solitaria y, aunque me hubiera gustado tenerlo, estoy bien así. Pero ya que ha llegado hasta aquí y ha sido honesto, amarre en ese árbol su caballo y sentémonos a conversar. Puede sentarse por aquí. —Indicó hacia un viejo tronco que, antes de alzarse en diagonal hacia el cielo, se reclinaba un par de metros sobre la tierra. Entró a la cueva y salió con una botella de licor casi llena. Dio un largo sorbo y se la extendió.

El hombre, incómodo con la idea de tomar del mismo gollete, lo miró indeciso.

—Pruébelo, es ron, y del bueno. Quien me surte no toma cualquier cosa.

El hombre lo limpió con la mano, bebió y le devolvió la botella. Se paró y estiró su mano.

—Ya que estamos bebiendo juntos, creo que debo presentarme de nuevo, ahora como corresponde; mi nombre es Ricardo Santelices.

Pedro aún no se había sentado.

—Yo soy Pedro… Pero usted ya lo sabe.

—Sí, por supuesto. Me alegro de conocerlo, don Pedro Rodríguez.

Pedro elevó la vista al cielo conmovido, qué tiempo hacía que nadie lo nombraba por quien era: Pedro Rodríguez, hijo del hacendado Juan Rodríguez.

—Tal vez quiera contarme sobre lo que está viviendo, me refiero a…

—Sí, sé a lo que se refiere... No es fácil, jamás me he abierto con nadie, así que, hacerlo con un extraño...

—Por lo mismo debiera ser fácil, porque no tengo prejuicios respecto a usted.

—Pero me miró con bastante desconfianza ayer.

—Sí, con un poco de temor, debo reconocer; pero usted comprenderá...

—¿Comprenderé?

—Yo andaba solo y apareció usted de la nada.

—¿Le molestó mi aspecto?

—No, no he querido decir eso, bueno, sí, en cierta forma; concédame que no era como para sentir confianza a primera vista... Y a usted le pasó lo mismo. Éramos dos extraños.

—Sí, muy extraños. —Por primera vez, Pedro sonrió—. Tiene usted razón, una vez más ha sido honesto conmigo... Así que está bien, le contaré lo que me sucede: estuve junto a una mujer a la que quise incluso más que a mi padre, a la que le di todo. Me quedé solamente con este cerro y mi adorada cueva, porque ella me lo dejó. Yo creí que era porque me quería, pero no, era porque no le interesaba. No le interesaba esta tierra, porque eso veía en ella, pura tierra inútil, tal como dejé de interesarle yo, a sus ojos un inútil, pero no lo era tanto porque ella no tenía nada y le di todo lo mío, que era harto: un enorme campo sembrado y una hermosa casa. Lo vendimos y le permití que se quedara con el dinero y lo invirtiera a su antojo; entonces, se las arregló para correrme de su lado y, como ve, terminé aquí... Ahora la odio con toda el alma...

—Y quiere recuperar lo que era suyo.

—Pero no porque me interese tenerlo, sino como parte de una venganza, dejarla sin nada, parada en la mitad de la calle, ojalá, incluso, sin ropa... Necesito vengarme. Y mire, ahora contándole a usted mis penas...

—Como le dije, estoy interesado en el bosque, o parte de él... —Recibió nuevamente la botella, la limpió con la palma de la mano y bebió otro trago.

—Preferiría no hablar más de los árboles... Ya le dije que...

—Es que se me ha ocurrido una idea. Escúcheme: Yo soy maderero...

—Eso ya lo sé. —El semblante de Pedro mostraba su incomodidad.

—Y constantemente estoy necesitando madera...

—Eso, también lo sé.

—Pero aquí viene lo que podría interesarle.

—¿...?

—Por su parte, necesita reivindicarse como persona. Y el dinero ayuda bastante a eso, ¿no cree?

—No, no creo. No me interesa entrar en una carrera de ese tipo, iniciar una guerra, menos de poderes... Lo que quiero es simplemente verla arruinada, porque por mí, le volaría la cabeza con la guadaña...

—Pero usted no puede hacer eso.

—¿Por qué no? Eso hacen los locos.

—Pero usted no está loco.

—¿Le parece que no?

—Estoy convencido. Está destruido por dentro, decepcionado, pero no loco. Lo que debiera hacer no es volarle la cabeza con una guadaña, sino darle un buen susto...

Aquella última idea encendió luces en la cabeza de Pedro y se detuvo a pensar en voz alta:

—¿Darle un susto? ¿Con la guadaña? Sí, eso es, un susto tan grande que la mate.

—No, por favor, de nuevo con eso. Un buen susto estaría bien, pero no matarla, sino aterrarla; que lo haga crecer a usted enormemente sobre ella. Ahí estará su poder, y con él podrá hacer lo que quiera con ella.

Ante tanta contención por parte de su nuevo y único amigo, Pedro se explayó durante largo rato, contándole más sobre Margarita, sus malas costumbres, y cómo lo apabullaba cada vez que podía.

Mientras lo hacía, la mente de Ricardo trabajaba en la idea que allí poco antes se había gestado.

Cuando Pedro puso punto final a su relato, Ricardo se quedó mirándolo a la cara.

—Tengo una idea, pero no sé qué le va a parecer. Tal vez crea que estoy loco.

—¿También?

—Sí, también. —Ambos rieron a carcajadas.

—Aunque mientras no me la diga, no podré estar seguro de que lo está. —Pedro continuó riendo durante algunos segundos.

—Está bien, ahora que paró de reír, escúcheme: podría hacerle creer que la va a matar, pero no hacerlo.

—¿...?

—Solo dejarla inconsciente y arreglar todo para que al despertar esté muerta de miedo...

—¿Y cómo haré eso?

Bueno... No sé si deba decirlo...

—Sí, por supuesto que dígalo, dígalo no más, me está gustando esto... Dígalo, por favor.

—No lo sé, es que usted podría malinterpretarme. De repente son cosas locas que pasan por mi cabeza; mejor olvídelo.

—No, siga, si ya empezó, siga nomás. No me irá a dejar así, a medio camino.

—Podría... pillarla infraganti haciendo cosas feas en la cama.

—Pero eso ha pasado muchas veces y no me gustaría verlo una vez más. Por eso casi no subo a la planta alta... A menos que necesite algún dinero... De botellas me apero abajo, en el bar; ella no se entera más que porque debe reponerlas.

—Pero esta vez sería diferente. Podría buscar a alguien y pagarle para que actuara de amante, pillarlos y matarlo.

—¿Matarlo? ¿Que lo mate en lugar de hacerlo yo?

—No, no se trata de eso; lo que le digo es que le haga creer a ella que lo ha matado, pero sin matarlo de verdad, ¿me entiende? Y después, antes de que se dé cuenta del engaño, le pega un culatazo para dormirla... No muy fuerte, eso sí, no vaya a ser cosa de que la mate en serio o la deje medio tonta, lo que sería peor; bueno, la idea es que mientras esté dormida el tipo se levante y se vaya para su casa, y ella crea que usted se lo llevó para esconderlo por ahí y después amenazarla. Y será precisamente lo que ocurra. Así, de paso, usted podrá recuperar lo que es suyo.

Se produjo un silencio

—¡Es fantástico! Me gusta... pero no tengo dinero.

—¿Ve como sí hace falta plata para una buena venganza?

—A menos que... usted, ya que se ha ofrecido para ayudarme, sea el muerto. Eso sería excelente.

—¿Yo? No, eso es mucho pedir. Usted debe conocer a alguien que se atreva a hacerlo. Claro que tendría que pagarle. Con unos billetes de por medio, todo se facilita.

—No, no conozco a nadie, ¿y en quién podría confiar? ¿Y si yo estuviera dispuesto a venderle algunos árboles?; no todos, por supuesto, pero sí algunos...

Ricardo no pudo evitar que una sonrisa apareciera en su rostro.

Pedro lo miraba en espera de una respuesta.

—¿Me puede decir qué le causa tanta gracia?

—Eh, todo; todo esto, por supuesto. ¿No le parece una tremenda locura?

—Pero usted lo propuso.

—Sí, pero no por eso se convierte en algo cuerdo... Estaríamos locos si lo hiciéramos, usted y yo. Creo que he ido un poco lejos con mi imaginación.

—Pero usted dijo que estamos locos.

—Claro que lo dije, mi amigo, pero no pretenderá que realmente lo hagamos... —Le dio dos suaves palmadas en el muslo y se paró—. Aunque supongamos que decidiera aventurarme en esta locura, ¿qué me ofrece?

—Bueno, no tendría que pagar por los árboles. —Volvió a entregarle la botella.

Ricardo nuevamente sintió asco de beber del mismo gollete, pero por loca que la situación fuera, no iba a echar a perder todo el camino recorrido; además, ya lo había hecho, de modo que cerró los ojos y tomó un largo trago.

La botella volvió a cambiar de mano. Pedro bebió sin quitar los ojos de su nuevo amigo.

—¿Tenemos un trato? Necesito matarlo… Sí, sé que no matarlo de veras, sé que no se va a morir, pero necesito que ella, esa estafadora y gran puta, crea que lo maté, ese será el comienzo de su calvario, y al mismo tiempo, de mi venganza. Usted es un genio, y tiene que ayudarme.

Pero ahí termina mi participación en el jueguito, mire que debo volver a mis quehaceres cuanto antes.

Pedro ha caminado durante un rato y continúa, sin prisa, hacia su guarida. Recuerda cuando llegó a sus manos la enorme cantidad de dinero producto de lo heredado a su padre, y el interés de Margarita por ayudarlo en los diversos trámites, tanto del entierro como otros posteriores derivados de la venta del campo y la administración de los dineros. Se veía tan solícita, pero lo fue embaucando con inteligencia, mientras él era un bobalicón.

Pero la quería y confiaba en ella, y se dejó engañar como un imberbe, permitiendo que se aprovechara de lo mucho que la amaba. Al principio permitió que Margarita, que había pasado tantas miserias, se diera gustos de gran dama, sin saber que dejar de arrendar su cuerpo por necesidad daba paso a una serie de comportamientos ocultos a sus ojos. Creyó, también, que sería una administradora de confianza, y estaba dispuesto a todo para verla feliz.

Ella, en lugar de cuidar su nueva condición, comenzó a abusar, al punto de sobrepasar todos los límites: lo menospreciaba abiertamente y humillaba, y emborrachaba para poder hacer y deshacer con sus malas costumbres. Volvió a cobrar por sus servicios, aunque de igual modo los prestaba solo por gusto. Y no conforme con hacerlo a escondidas, se lo comenzó a refregar, culpándolo por no ser suficiente para ella. Las escenas que le hacía eran terribles.

Durante el último tiempo, cuando todavía pernoctaba en la pieza del fondo, el trato empeoró, hasta que se lo zampó en la cara:

—Me hace falta un hombre.

—Pero me tienes a mí...

—¿A ti? ¿Y desde cuándo tú eres un hombre, al menos uno que esté a mi altura?

—¿Y qué quieres? Sabes que te daré lo que pidas.

—Es que ya no tienes qué darme. No tienes lo que necesito para sentirme viva, para sentirme mujer, y nunca lo tendrás. Vives borracho, tirado en cualquier parte. Eres flojo, un zángano; un tipo sin vitalidad, incapaz de hacer feliz a nadie. Y ya no necesito que me des nada, porque lo tengo todo; lo único que me falta es que te vayas, que desaparezcas de mi presencia, de mi vida...

Pedro había resuelto las humillaciones con el licor que ella le facilitaba, pero no soportaba más y obedeció. Primero vagó por las calles como pordiosero y por último se dirigió a la montaña pensando en nunca volver y buscar una forma de terminar con su vida.

Encontró la cueva donde a veces pernoctaban con su padre cuando lo acompañaba a cazar y donde, de vez en cuando, luego de su muerte, él volvía para estar solo con esa naturaleza que tanto amaba. Allí guardaba, además, algunas cosas rescatadas de su casa antes de vender el campo. Había unas pocas pieles, un par de trofeos de caza, unos cuchillos, una escopeta antigua y la guadaña.

Pensó que resultaba tan fácil llevarse por delante la vida de aquellos indefensos animales sobre los cuales caían como sombras malditas, y con Margarita no tenía por qué ser más difícil. Entonces, el sabor de la venganza comenzó a anidar en él.

Pero no tenía un plan, era incapaz de inventarlo. A medida que lo buscaba, fue comprendiendo con mayor claridad lo imbécil que había sido y la maldad que de ella emanaba; aumentó la idea de una venganza que le permitiera vivir la sensación de destruirla poco a poco, y de paso, recuperar su herencia.

XXVI

Pedro avanza por el sendero que fue deformando sus endurecidos pies, sangrantes al comienzo, pero dispuestos luego y confiados por fin, ayudado por su noble guadaña contra la que no pudieron las crecidas ramas. "Ni la astuta Margarita que, por supuesto, ya no lo es, porque los humos se le bajaron de golpe de la cabeza". Su rostro mantiene una sonrisa que obedece a la sensación de satisfacción que lo desborda; piensa que jamás imaginó la alegría que podía llegar a producir en el ánimo la necesidad de venganza en pleno desarrollo. Le parece que ser malo, al fin y al cabo, no es algo negativo como dicen, al menos cuando existe un fin determinado por una buena causa. Su sonrisa se ha marcado aún más. Piensa que el placer que percibe debe ser similar al de robarle a un ladrón.

Va tan ensimismado con sus pensamientos, que no se da cuenta de cómo ha pasado el tiempo. Ya en el plano, toma por uno de los angostos callejones que conducen a la calle principal. Allí, como de costumbre, nadie circula, lo que contribuye a dar al lugar una imagen de pueblo fantasma. Y continuando con esa idea, se siente protagonista, habiéndose transformado él en uno, para Margarita claro está. Uno muy malo que la hará arrepentirse de haberle causado aquel cruel sufrimiento durante tanto tiempo. Aún su figura es extremadamente delgada y tiene la piel oscura, ajada por la agresiva combinación de sol y viento. Piensa que ya no se siente abandonado por la suerte ni víctima de la indecencia humana, y en voz alta recita su nombre:

—Pedro.

Ahora se siente respetable, al menos ante sí mismo y a los ojos de Margarita, lo que es un avance enorme. De los habitantes del pueblo que saben de su existencia, ya se encargará. Percibe que pronto, tampoco será para ellos Pe, porque si las cosas salen como espera, dejarán de tratarlo así. Imagina la venganza como un pulpo con enormes tentáculos que abarcan los orígenes de los desprecios que ha recibido durante tanto tiempo. Llegará el momento en que se arrepentirán de todos aquellos despectivos gestos rápidos con la cabeza para indicar que se referían a él. "Estoy dejando de ser nadie".

Esta vez lleva sus manos libres, pues para atacar su próximo objetivo no necesita la afilada guadaña ni la escopeta de colección. Visualiza los cartuchos de salva que aquella vez introdujo en el cargador y de inmediato la figura del cadáver resucitando. Ricardo se ha transformado en muy poco tiempo en alguien importante para él, su complicidad y la ayuda que le ha brindado pagan con creces la disposición de deshacerse de algunos árboles. Se ha ido a la ciudad para hacer los arreglos que le permitan talar su preciado botín verde. Pero por supuesto, Margarita no debe enterarse, entonces todo se iría por la borda. Los policías ya no irán a molestarla, ¿podrá eso alertarla? Porque obviamente, con el regreso del maderero a Temuco, no seguirán investigando. Pero para ella debiera ser solo una incógnita más, y por mucho que le extrañe, no es tan tonta como para arriesgarse haciendo averiguaciones; así las cosas, él debe aprovechar para dar su último golpe, y por eso se dirige hacia allá, divertido con la idea de tener nuevas armas, las que lleva en el interior de su cabeza.

De pronto, se encuentra ante la puerta, que ha sido reparada. Han pasado unos días. Los dejó transcurrir de adrede para que se sintiera aún más desvalida. Lo que Pedro no sabe es que Margarita, después de mucho dar vueltas a la idea de eliminarlo, ha logrado armar un plan.

Golpea, sabiendo que esta vez le abrirá, no se arriesgará a que nuevamente la eche abajo de un hachazo.

En efecto, se abre y aparece ella.

—¿No me invitarás a entrar?

—Cada vez tengo menos ganas de que vengas por aquí…

Pedro empuja con fuerza la puerta y avanza. Margarita no intenta impedirle la entrada. Aquello forma parte de sus nuevas y torcidas intenciones.

Pedro camina con rapidez hacia la barra, se sienta y le exige un trago.

—Para mojar la garganta y poder darme a entender con claridad. ¿Has oído, mujer?

—Sí, ya voy, ya voy.

—Mientras lo haces, quiero decirte que me he encargado del cuerpo… Si supieras dónde está, dejarías de dormir de por vida.

Margarita ha cogido la botella en que mezcló con el licor, una cantidad considerable de veneno. Intrigada por las últimas palabras de Pedro, vuelve a dejarla en su lugar y toma la que se encuentra a continuación. La acerca al vaso y sirve un chorro.

—¿Y se puede saber por qué debo asustarme tanto?

—¿No crees que está de más explicarte esa idiotez? Te dije que encontrarán el cadáver en cualquier momento. Y está lleno de huellas tuyas y tus asquerosos fluidos…

—Pero también tendrá tus huellas, ¿no?

—Ah, no lo creo. —A la sensación de maldad se agrega la de mentir, eso aumenta su placer.

—¡Estás loco!

—Eso no es lo que dirá la policía. A mí no me mirarán ni por casualidad. A mí no me ven, soy un fantasma. —Suelta una risotada que retumba en los muros—. Pero a ti sí... y a nadie le importará que te pudras en la cárcel. Sabes que la gente del pueblo, esa que a mí casi no me ve, a ti te detesta. Será un alivio para ellos que desaparezcas, tu presencia los irrita... Y harta razón tienen ¿no? —Hace una pausa que Margarita no interrumpe.

En la cabeza de ella los pensamientos giran a gran velocidad tratando de encontrar una salida a aquella situación que parece no tenerla. Se siente extraviada en un laberinto ciego.

—Yo soy el único que te puede salvar... Solo yo.

—¿Y qué quieres, a dónde quieres llegar con toda esta mierda?

—Ah, adivina, pues, ¿no eres tan viva?

—¿Qué quieres? ¡Dilo de una vez!

—Quiero... nada más que lo que es mío, y nada menos, por supuesto.

—Pero tú estás loco de veras.

—Quiero que me devuelvas todo lo que tienes, que lo pongas a mi nombre. Eso quiero. Tú te quedas con tu cuerpo, que tantos dividendos te da a diario, y todo arreglado. Podrás vivir de más de él, ¿no es lo que más te gusta? Te doy solo hoy para que decidas. Mañana el cuerpo estará en manos de la policía, tengo todo arreglado para que eso ocurra.

—¡Muérete!

—Ja, no es lo que más te conviene. Si me muriera, en muy poco tiempo serías descubierta y detenida. No sé, entonces, de qué te serviría la plata; así que ya sabes, si quieres salvar tu pellejo…

¡Carajo, me estás chantajeando!

¡Por supuesto! Me alegra que lo tengas claro; así que ya sabes, tendrás que salir de esta casa… Necesito que me entregues todos los documentos que te diga para llevárselos a mi abogado.

—¿Abogado?

—Claro, las cosas hay que hacerlas bien. Él se encargará de hacer nuevas escrituras que deberás firmar, cediéndome todo lo que hoy está a tu nombre.

—¿Y de dónde has sacado tú un abogado?

—Ya ves, no me faltan amigos… —Visualiza a Ricardo Santelices y al profesional que le recomendó.

—¿Y a dónde quieres que me vaya? Porque esta casa es mía.

—Como ves, dejará de serlo muy pronto, y a dónde te vayas no es cosa mía. Puedes volver a ese prostíbulo del que te saqué, porque como mi santo padre decía, eres puta y jamás dejarás de serlo. Lo llevas en la sangre.

XXVII

Margarita se ha quedado sentada con la mirada perdida. Le cuesta aceptar que aquel tipo al cual siempre consideró un imbécil, le haya tendido una trampa tan bien urdida. Está segura de que no lo ha hecho solo, pero tampoco es capaz de imaginar quién le puede haber ayudado. Y su plan de eliminarlo, que parecía tan sencillo, ha sido derribado como si se tratara de un inestable castillo de naipes.

Unos golpes en la puerta la sobresaltan. Con la curiosidad despierta, aunque con desgano, se dirige a abrir.

Ante ella aparece la elegante figura de un diputado electo por la zona.

—¡Margarita, tan hermosa como siempre! Y distinguida, por supuesto.

Ella lo observa sin articular palabra. "¿Cómo puede aparecer en tan mal momento?".

—Pero qué poco efusiva, y tanto tiempo sin vernos; no sabe cuánto me ha costado llegar hasta aquí.

Ella le corta el paso con su cuerpo.

—Querido diputado, siento no ser lo cortés que desearía, pero hoy no puedo recibirlo.

El recién llegado observa en derredor, preocupado de ser visto en la puerta de aquel lugar.

—¿Podemos conversar adentro?

Hace poco Pedro se ha retirado y Margarita teme que esté observando desde algún lugar.

—No, diputado, lo siento de veras, pero creo que esta vez no será posible.

—Pero cómo, ¿me va a dejar plantado, así como así?

Margarita se pregunta si tal vez aquel político la podría ayudar. Pero ¿cómo involucrarlo? Sabe que es una persona corrupta, pero de ahí a ser asesino o estar dispuesto a ser cómplice... Aunque es abogado... "¿Servirá en estos momentos eso del secreto profesional?".

—La noto preocupada, ¿hay algo en que yo le pueda ayudar?

—Créame que es mejor que se vaya, diputado, no le conviene ser visto aquí. No ahora en que tengo un tremendo problema con mi exmarido. Disculpe, pero lo hago por su bien. Así que, disculpe de nuevo, pero mejor váyase.

El hombre se siente desorientado ante la circunstancia, pero aquello de "tremendo problema con mi exmarido", resulta más convincente que cualquier otro argumento que le pudiera dar.

—De acuerdo, como usted diga... entonces, mejor me voy. —Sin hacer más averiguaciones, hace un giro en ciento ochenta grados; interesado en no enredarse en un litigio amoroso que lo pueda comprometer indebidamente, comienza a alejarse.

Margarita lo ve desaparecer, y con él la única posibilidad de escape que ha pasado por su cabeza. Se siente más desvalida aún. Pedro la tiene atrapada. Mientras cierra la puerta, percibe sobre ella los colmillos del fantasma de la resignación.

Poco antes de ocultarse el sol, Pedro regresa.

Cuando ella abre la puerta, él la empuja con violencia y entra.

—He venido por las escrituras. —Mientras habla, va hasta la barra y se sirve un trago.

—No las tengo.

—¡Cómo! Sabes perfectamente a lo que te expones.

—Creo que correré el riesgo, no me dejas otra alternativa. Y si voy presa, ten por seguro de que te vas tú también.

—Así que chúcara la yegüita, ¿ah?

—Yegua serás tú, infeliz, que has venido a robarme lo que me pertenece. Soy la dueña, con tu consentimiento, y todo es legal. No me quitarás ni un solo centavo, porque lo que tengo es lo que me corresponde.

Pedro se levanta de su taburete y bebe un último trago que esta vez Margarita le ha servido.

—Conque esas tenemos, ¿ah? Pues fíjate bien cómo te sentirás después de la diligencia que ahora haré. —Pero un repentino mareo lo detiene. En lugar de abandonar el recinto, vuelve a sentarse.

—¿No te estabas yendo?

—No me siento bien…

—Ese no es mi problema, así que, anda saliendo, porque si no es por las buenas, entonces será por las malas.

Pedro lleva sus manos hacia el estómago y lo abraza presionando con fuerza.

—No sé qué tengo, pero me duele mucho. —De pronto hace una arcada y se desvanece.

Margarita lo observa durante un rato y continúa con su plan.

—No te entregaré nada, ¿oíste? Claro que no, porque ya no podrás oír nunca más. Ahora veré qué hago contigo antes de que impregnes con tus malditos olores esta casa. —Le coge los pies y comienza a arrastrarlo hacia el jardín trasero. Allí continúa y entra en el bosque. "A nadie le extrañará que aparezcas muerto, tirado por ahí".

A poco andar, está rendida. Busca con la mirada dónde dejarlo. Luego de ubicar un grupo de tupidos matorrales, lo sitúa con dificultad bajo las ramas; descansa unos minutos y regresa a la casa. Coge una botella de ron a medio vaciar y vuelve a donde yace Pedro. Destornilla la tapa, pone el envase entre sus manos y las lleva hasta dejar el gollete a la altura de su boca. El líquido que no entra se derrama por las comisuras de los labios.

—Aquí te quedarás, aquí te encontrarán tirado como el borracho que eres. —Se aleja unos pasos y, sin más trámite, lo abandona.

XXVIII

Ricardo Santelices, interesado en ver si convence a Pedro para que le venda otro sector de árboles, trata de ubicarlo en la cueva, pero nadie responde. Preocupado se comunica con su abogado, quien le dice que nada ha sabido de él; algo muy raro, conociendo la premura de sus intenciones. Por eso piensa en la posibilidad de recurrir a carabineros, pero antes de ponerse en marcha, sopesa lo que hará y se arrepiente. Si lo que hicieron con Pedro sale a la luz, podría verse envuelto en un problema serio. Piensa que Margarita puede saber dónde encontrarlo, pero acercarse a preguntarle es una locura… Tendrá que hacerse de paciencia y esperar a que regrese. Dejará a su capataz para que siga haciéndose cargo y volverá en unos días; para entonces, de seguro podrá conversar con Pedro.

Durante la noche, ella casi no duerme pensando en que dejó el cuerpo tirado, casi llamando para que alguien lo descubra, y quien lo encuentre dará parte a los carabineros, y ellos, investigando, llegarán a enterarse de que fue envenenado. Al despertar se encuentra a la deriva, aterrada de que lo descubran, apenas escondido entre los arbustos. Decide que debe ir a buscarlo y esconderlo mejor, o tal vez llevarlo a su casa; está completamente desorientada. "Soy una estúpida, esta vez los nervios me traicionaron de veras… pero como seguramente seré la primera a quien avisen del trágico hallazgo, y aún no ha pasado nada, quiere decir que todavía no lo han encontrado".

Armada de valor se dirige al lugar en que lo dejó. A medida que se acerca percibe el hedor que aumenta con cada paso que da. Aún no sabe qué hará con él, pero no debe permitir que el viento ponga en alerta a otras personas. Cuando llega, sorprendida descubre un montón de liebres muertas, pudriéndose. Luego de vomitar lo que tiene en el estómago, abandona el lugar completamente desconcertada.

Mientras camina hacia su casa, da vueltas en su cabeza, qué pudo haber pasado. Está convencida de haberlo envenenado. Se pregunta si acaso el brebaje no era lo suficientemente potente, o él demasiado fuerte: "Claro, viviendo en la calle y en los cerros...". Le parece que, de ser así, estará bastante golpeado, aunque tampoco lo arrastró durante mucho rato, pero sí el suficiente como para que tuviera una buena cantidad de hematomas. "Claro que así, nadie se muere... Pero estoy segura de haberlo envenenado... Claro que si no está muerto... Porque ¿quién podría querer robárselo? Y si no lo maté, quiere decir que anda por ahí suelto, riéndose a carcajadas de mí, y no demorará en aparecer por aquí con su guadaña y su escopeta, y esta vez sí que no tendrá piedad de mí".

Regresa a la casa y apenas entra va a la barra, donde coge la botella de la cual le dio a beber. La abre y olfatea su contenido. No tiene el olor amargo que debiera... Obviamente, no se atreve a probar, pero por si acaso, la lleva a la cocina y le echa más veneno. Después regresa a la barra y la esconde en un costado de la repisa. Llena un vaso con *whisky* y bebe con calma, sintiendo el alcohol herir su garganta y el aparato digestivo. Después coge la botella, va hasta la escalera y sube a su cuarto. Apenas entra, se tumba en la cama y, sin proponérselo, no demora en quedarse dormida.

Es medianoche cuando un fuerte golpe la despierta. Siente la garganta seca y se pregunta qué habrá sido ese ruido. Pero el silencio ha vuelto a apoderarse del ambiente. Piensa que está demasiado nerviosa, de seguro estaba soñando. Cierra los ojos, pero no puede quedarse dormida de nuevo. De pronto, siente más ruidos. Se levanta y asustada abre la puerta. Parecen hechos por alguien que corretea en la primera planta. Se pregunta si debe bajar o encerrarse con llave en su cuarto. Por fin opta por la primera opción. Se calza las zapatillas que descansan junto a la cama, coge la bata tendida sobre la silla y, mientras se la pone, avanza hacia la puerta y sale al corredor. Prende luces y baja con lentitud por la escalera.

En el primer piso aprieta un interruptor y se encienden algunas luces. El lugar parece desierto. Se atreve a avanzar con cautela. De pronto, proveniente de un rincón, aparece una sombra que proyectada en el muro avanza con velocidad. Antes de reconocer de quién se trata, recibe un fuerte golpe de puño en la cara y perdiendo el sentido cae sobre un sillón.

La figura lleva una guadaña. La levanta sobre su cabeza y la sostiene en lo alto durante unos segundos; luego, la deja caer causando un fuerte quejido al incrustarse entre el brazo y el respaldo del mueble, muy cerca de la mujer, quien aún yace inerte.

Con un rápido forcejeo la saca de entre los maderos y la tela rasgada y, echando una última mirada a la cara de la

Alfredo Gaete Briseño

agredida, que expresa con claridad el terror percibido antes de desmayarse, gira sobre sus pies, enfila hacia la puerta y sale sin hacer ruido.

XXIX

Margarita despierta de su sueño obligado. Recuerda los hechos, pero ignora quién ha sido su atacante; sin embargo, al observar el tajo en el sofá, no duda acerca de la identidad del culpable.

Le duele la cabeza y lleva su mano hacia el lugar en que fue golpeada. Sus dedos, ensangrentados, acusan el líquido que aún brota por su nariz. En el sillón también hay manchas rojas. Aterrada se tambalea hasta llegar a la puerta de calle, que se encuentra semiabierta.

Se asoma y ve a Pedro sentado sobre la cuneta al otro lado de la calle. De inmediato cierra y se apega a la puerta en busca de cobijo, preguntándose una y otra vez, cómo pudo evadir los perniciosos efectos del veneno.

Aterrada, cruza el salón y sube por la escalera hacia su cuarto. Una vez adentro cierra con llave y se queda observando la cerradura, en espera de que esta explote destruida por un balazo. Pero nada ocurre. Después, frente al espejo, observa que la sangre se ha estancado, y entra al baño para lavarse.

Más tarde, tendida sobre la cama, sabiendo que será imposible conciliar el sueño, intenta rearmar los sucesos que la llevaron a aquella lamentable condición. Tras segundos eternos colgados uno tras otro, se sucede lo que queda de noche, hasta que comienza a clarear. Recién entonces logra quedarse dormida.

No despierta hasta pasadas las doce, con el ruido que hace la campana. Sabiendo que sin duda se trata de Pedro, se pregunta si debe abrir o no, al mismo tiempo comprende que no podrá pasar la vida encerrada. Con el corazón al galope, baja a la primera planta, va hasta la puerta y la abre.

El empujón que le da Pedro, casi la bota. Lo observa dirigirse raudo hacia la barra, destapar una botella y llevarla a su boca para beber casi sin respiro, una buena cantidad.

—¿Qué pretendías anoche, me puedes decir?

—Solo entrar aquí, ¡a la que por si no lo recuerdas, es mi casa!, pero no fuiste capaz de abrirme.

—¿Y me puedes decir cómo entraste?

—Simple, por la cocina… Debes ser un poco más cuidadosa y no dejar la puerta sin llave… Pero en todo caso, comprenderás que no he venido precisamente a conversar contigo; supongo que habrás visto que se te vencieron todos los plazos.

A Margarita le extraña que no hable sobre su intento de envenenarlo, pero no será ella quien abra la boca, tal vez ni se haya dado cuenta de que su malogrado estado fuera por un veneno dado por ella.

—Se me acabó la paciencia, Margarita. Entregaré el cuerpo a la policía y de ahora en adelante tendrás que entenderte con ellos.

—Ya te dije que no te tengo miedo. Haz lo que tengas que hacer, ¡y ya! Terminemos con esta estupidez de una vez. Porque, además, ese cuerpo está descomponiéndose; no imagino qué habrás hecho con él, pero no sé cómo explicarás no haberlo entregado en su debido momento… Así que, por favor, anda saliendo y tendrá que ser lo que Dios quiera.

Pedro, desolado, la observa con su cara bobalicona; se siente sobrepasado e ignora cómo armar su siguiente paso. Piensa en la posibilidad de regresar a la cueva, pero desecha de inmediato la opción. También se le ocurre la posibilidad de recurrir a Ricardo Santelices, pero sabe que ha dejado a un capataz a cargo de la tala de árboles. Evoca su guarida, ahí se encuentran la escopeta y la guadaña. Le gustaría tenerlas a mano para hacer lo que desde un inicio debió ser: pegarle un tiro certero y terminar su obra con la guadaña. Como autómata, abandona el lugar cabizbajo. Arrastra los pies con pesadumbre y deja atrás el pueblo. El aire está impregnado con el aroma que surge de la tierra húmeda y los brazos que extienden sus hojas al paso del viento que hace poco se ha levantado con furia. Asciende por la huella, hasta llegar a su cueva.

Poco después la abandona. Esta vez lleva consigo la guadaña y la escopeta, esta vez cargada con tiros de verdad.

Durante el descenso su mente viaja en blanco. Cuando llega a la casa de Margarita, se detiene ante la puerta cerrada, decidido a actuar según le indica su instinto.

Toca la campana, pero nadie abre. Lamenta no llevar el hacha en lugar de la guadaña. Enfrenta los cañones a la chapa y sin reflexionar respecto al estruendo que emitirá la pólvora, aprieta el gatillo.

Margarita, que escucha el ruido desde su dormitorio, con rapidez echa llave a la cerradura y corre el cerrojo.

Otro disparo, que esta vez suena atronador por la cercanía, y una feroz patada, permiten a Pedro abrir la puerta del dormitorio, sin más dificultad.

Margarita está lívida. Completamente paralizada.

Pedro apunta hacia su cabeza y sin mediar preámbulo alguno, aprieta el gatillo.

Esta vez, ella no cae desmayada. Con sus ojos muy abiertos lo mira aterrorizada, aunque haya comprobado que en la escopeta no quedan tiros. Lo observa apoyar el arma contra la muralla y avanzar, blandiendo la guadaña. Queda tan cerca, que la hoja casi le roza la ropa; unos centímetros más y todo habrá acabado para ella.

Hasta el momento no han pronunciado palabras.

De pronto, Margarita recupera su cordura, salta de la cama y corre hacia la puerta.

Pedro sigue sus pasos, pero sin intención de alcanzarla.

Ella continúa escalera abajo y desaforada sale a la calle. Un golpe seco la sobresalta, es la puerta que ha sido cerrada tras de sí. Se gira y comprueba que ha sido sacada de su casa. También que los tiros percutados no han llamado la atención. La calle continúa tan desierta como es costumbre.

Pedro corre un pesado mueble que le sirve de tranca.

Ella, histérica, se cuelga del cordel haciendo sonar la campana, pero la puerta permanece cerrada.

En el interior, Pedro, sentado ante el bar, se sirve un trago, dispuesto a beber sin límites.

Margarita, ante la desesperación que la embarga, viendo que la ha dejado literalmente en la calle, decide recurrir a los carabineros y se encamina hacia la tenencia.

A medida que se acerca a la casa pintada de verde y blanco, se va arrepintiendo de su atarantada decisión; involucrarlos será un acto suicida, donde Pedro quedará como una pobre víctima y ella, tras las rejas, lo perderá todo... Por eso, a casi cien metros, se detiene. Alrededor no hay gente.

Incluso en el cuartel policial no ve que haya alguien de guardia. Gira en ciento ochenta grados y se devuelve pisando sus propios pasos.

Ingresa a su propiedad y camina hacia la parte de atrás de la casa, el único lugar de la planta baja que cuenta con un par de ventanas, las que dan a la cocina y un comedor de diario. No hay más en el resto, construido con características propias de un lugar que, dadas sus antiguas funciones, requería de excelsa privacidad.

Al igual que la puerta de servicio, se encuentran cerradas. Los ojos de Margarita se detienen en un pedrusco tirado a unos veinte metros de ella. Sopesa la idea que se ha gestado en su cabeza. La tosca y entierrada piedra brilla en su mente como herramienta para abrir y arma para defenderse y atacar. Se pregunta en qué estará Pedro. Solo se le ocurre pronosticar que bebiendo... De ser así, pronto su estado será lamentable, imposibilitado de defenderse de un ataque. "¿Y si no? ¿Tengo alternativa?". Decide esperar un rato, al menos asegurarse de que si está bebiendo, haya perdido la conciencia.

La idea de atacarlo adquiere más cuerpo y se pregunta qué hará después de aplastarle la cabeza. Sorprendida se da cuenta de que su mente, de improviso, ha quedado en blanco. "¿Qué haré con el cuerpo?". Ante tal inquietud no tiene respuesta. Sabe que nadie lo echará de menos... O sea, tal vez sí noten su desaparición, pero a nadie le importará. Esto, sí juega a su favor. Pero no puede dejarlo ahí, con ella, eternamente... Y ya ha comprobado que no puede desprenderse de él arrastrándolo. "¿Y si no está borracho? Eso sería terrible, aunque ¿qué puede ser peor a como están las cosas?

Y por algo no me ha matado, de modo que ¿por qué lo haría ahora?". Se toma la cabeza con las manos, como si aquello le pudiera permitir ordenarla. Está muy confundida, pero sabe que no puede dejar pasar esta oportunidad. Por fin, se sienta en el piso a esperar, y a ver si se le ocurre una idea de cómo eliminarlo sin dejar huellas.

XXX

La noche cae con velocidad. Margarita se asoma por una de las ventanas ubicadas en la parte trasera, comprobando que Pedro no ha prendido luces.

"Pronto estará completamente oscuro. Debo actuar antes de que eso ocurra".

Coge con sus manos la piedra, descubriendo que es más liviana de lo que pensaba. Sin pensarlo más, asesta un suave golpe contra el vidrio, que no se quiebra. Insiste con algo más de fuerza y escapa de sus manos, cayendo al interior junto con el estruendo y una salpicadera de astillas. Sin perder tiempo, se introduce con suma precaución, cuidando de no cortarse. Recoge la piedra y camina, decidida, aunque sigilosa, hacia el bar. Allí, Pedro, con la parte superior de su cuerpo derramada sobre la barra, duerme completamente borracho.

Margarita se acerca, alza sus manos y, sin darse tiempo para reflexionar respecto a lo que va a hacer, deja caer la mortal arma sobre su cabeza.

Ha resultado tan fácil que, a pesar de haber previsto que así sería, está sorprendida. De pronto nota que sus manos están empapadas en sudor, al igual que la cara. La penumbra ha aumentado y ya casi no distingue las siluetas. Acciona los dos interruptores que se encuentran en el muro y la habitación cobra vida. Enfoca a Pedro y puede ver con claridad el resultado de su operación: la cabeza está sobre un charco de sangre que corre lenta por la cubierta y también ha salpicado el cuerpo. Es deprimente, pero no siente lástima; por el contrario, está aliviada: por fin se ha deshecho de él y ahora sí, con seguridad, para siempre. De pronto, una inquietud surge amenazante: "Y ahora, ¿qué hago con él?".

Lo toma por las axilas con la intención de tenderlo sobre el piso y dejar que la sangre se le seque mientras limpia la barra y el taburete. Forcejea para moverlo, pues pesa mucho. "Como si la muerte pesara". Necesita apoyar la cabeza en su vientre, percibiendo cómo el oscuro líquido la contamina. Haciendo un esfuerzo sobrehumano, consigue dejarlo en el suelo, agradeciendo que sea de cerámica.

—Después me encargaré de ti. Y del piso.

Limpios la barra y el taburete, lava los paños y sube a su cuarto a buscar una sábana para envolver el cuerpo, que arrastra hasta la bodega ubicada al fondo de la cocina. Allí permanece guardada una diversidad de cosas, incluso algunas en desuso, y una cantidad considerable de leña apilada contra el muro del fondo. Mantiene la mirada en Pedro durante unos segundos.

—Mira cómo se dan a veces las cosas; ahora, ni siquiera me puedes oír… Mañana veré qué hago contigo. —Regresa a la cocina y luego a la sala, con un balde lleno de agua y dos estropajos.

Por fin, terminada aquella ardua tarea, lava los trapos y vuelve al bar. Coge una botella de licor y sube decidida a tomar un baño.

Ya en la cama, en su mente se aviva la encrucijada en que se encuentra. Tendrá que darle solución al día siguiente a primera hora, y aún no sabe cómo. Durante algunos segundos se arrepiente de haber sido tan vehemente, pero no

demora en desdecirse: "Aproveché la oportunidad ¡y ya!".
A pesar del dilema y el nerviosismo que la envuelven, sus
ojos se van cerrando y por fin el sueño la vence.

Ha dejado las cortinas descorridas y con los primeros
rayos de sol, despierta. Sin perder tiempo se levanta y baja
a la cocina. Al entrar, de inmediato comprueba que el proceso de descomposición ha comenzado. Abre la puerta de
la bodega y la pestilencia aumenta, aunque aún no es del
todo insoportable. Observa hacia las baldosas donde dejó el
cuerpo y ahí está, esperando con singular obediencia. Pero
Margarita sigue sin saber qué hacer. La única posibilidad
que asoma a su mente es descuartizarlo... "¡No, imposible!". Una arcada la sorprende y corre al lavaplatos, pero no
vomita. Se queda afirmando el cuerpo con los brazos, las
manos apoyadas en la lata acerada, y mantiene la cabeza
gacha mirando el desagüe. Al poco rato se recupera y recon-
sidera que, por atroz que le parezca, la única forma de hacerlo
desaparecer es en trozos. Piensa en la guadaña y va hasta el
bar. Apoyada en el muro, junto a la escopeta, parece que
esperara. La toma por el mango y para levantarla debe ayu-
darse también con la otra mano. Ya en la cocina, se pregunta
dónde realizará aquel trabajo. Sin duda, el lugar más apropiado es la bodega. Haciendo un poco de orden, tendrá más
espacio.

Se pregunta por dónde debe empezar. ¿Tendrá la suficiente sangre fría? Siente la necesidad de tomar aire fresco
y cruza la cocina con dirección a la puerta que lleva al patio.

Observa en varias direcciones, como si pudiera encontrar una solución que le pareciera más razonable, porque por
negras que estén las cosas, no se siente capaz de carnearlo...

Pero tampoco puede llevárselo arrastrando y menos dejarlo pudrirse ahí. Le parece que en trozos que se pudieran echar en varios sacos, sin duda, sería posible acarrearlo a alguna parte... "¿A dónde? —Menea la cabeza—. Eso ya lo veré, primero tengo que atreverme... ¿Y podré con la guadaña?". Va nuevamente a la bodega y dirige la mirada hacia el muro lateral. Allí cuelgan unas pocas herramientas: un martillo, unas tijeras y dos serruchos en los cuales detiene la mirada: uno muy grande y otro de costilla. Respira profundo como si eso le diera valor, pero lo único que consigue es ser atacada por unas náuseas tremendas. Por segunda vez corre al lavaplatos. Vuelve a afirmarse con los músculos tensos, como la primera vez, y al rato, recompuesta, con los serruchos en su mente, regresa decidida a aprovechar la única oportunidad que tiene para liberarse de aquella nefasta situación.

Terminado el día, los trozos están ensacados y la bodega muy sucia. Pero no es capaz de limpiar más que las herramientas utilizadas en la faena; dejará el resto para el día siguiente, así como decidir qué hará con los cuatro sacos que tiene ante sus ojos.

Al pasar por el bar, igual que hiciera el día anterior, toma una botella de licor y sube a darse un baño.

Una vez en la cama, se pregunta por las probabilidades de que la pillen. De inmediato se dice que a menos que los carabineros regresen con su idea de encontrar al desaparecido, las posibilidades de ser descubierta no existen, salvo, claro, que se deshaga con torpeza del cuerpo. De pronto una idea terrible cruza su mente, y con prisa agradece que no haya aparecido alguno de sus huéspedes en busca de un poco de entretención; de inmediato ruega para que eso no ocurra.

Al otro día, igual que en la madrugada anterior, salta de la cama, decidida a terminar con el asunto. Baja la escalera con los cuatro sacos que debe hacer desaparecer incrustados en su mente, y trata de imaginar una forma eficaz de hacerlo. Podría quemarlos en la chimenea, pero el olor a carne llegaría a todos los rincones del pueblo; piensa incluso en cocinarlos, pero eso le llevaría una eternidad y de igual manera debería deshacerse de los huesos. Por fin se ancla en ella la idea de que la única forma de deshacerse de estos es tirándolos por ahí, en algún lugar donde nadie los descubra, y si lo hacen, que no puedan asociar el hecho con ella. Cuando va a entrar en la bodega, dispuesta a hacer su mejor esfuerzo para limpiar, escucha la campana. Los colores arrancan de su cara, las piernas le flaquean y debe sentarse para no caer.

La campana suena nuevamente, le parece más estridente que nunca.

Recomponiéndose con dificultad, abandona la cocina y contornea la casa. Ante la puerta encuentra a un hombre de abrigo azul y sombrero de fieltro gris con guarda negra, con el cuello subido y anteojos oscuros. No lo reconoce sino hasta estar muy cerca, ver sus movimientos y escuchar su voz.

—Mi hada de los bosques, miren de donde sale, por fin se digna aparecer.

Pocas ganas tiene de seguirle la corriente, pero ese ha sido el juego con que se han comunicado las muchas veces que han hecho de las suyas en la cama. Ensaya su mejor sonrisa, aunque supone que para nada le saldrá natural.

—Mi querido príncipe azul, usted siempre tan halagador. Qué tiempo sin vernos.

—Ábrame rapidito y ahí adentro podremos conversar con más calma… largo y tendido…

—Ni largo ni tendido, mi querido príncipe, porque fíjese que no va a poder ser.

—¡Pero cómo!, no me haga este tipo de bromas, si usted sabe que para mí llegar hasta acá no es nada fácil.

—Sí, pero estoy con un problema serio en la puerta. Fíjese que se han entrado a robar y me la han hecho pedazos. He tenido que trancarla por dentro, por eso vengo desde atrás; y también me rompieron un vidrio de la cocina, así que me va a tener que perdonar; no lo voy a poder atender por ahora.

—Yo la acompañaría a hacer la denuncia, pero como usted comprenderá…

—Sí, por supuesto, yo comprendo. Váyase tranquilito, que nadie sabrá que ha venido.

Ante la situación del robo con tanta violencia, al visitante le parece que arrancar es lo indicado, de modo que se despide con rapidez y desaparece junto a su sombra.

Margarita suspira y vuelve a la parte trasera, y de ahí se dirige al cerro, en busca de descubrir un lugar a dónde llevar más tarde los sacos.

Como es de esperar, nadie se atraviesa en su camino. Si el pueblo parece fantasma, hacia el cerro lo es más todavía. A lo lejos se escucha un pequeño zumbido proveniente de la tala de árboles, pero eso ocurre lejos, bordeando el cerro, al otro lado.

Al día siguiente se levanta temprano y luego de limpiar con meticulosidad el piso de la bodega, abandona la casa con el primer saco al hombro.

Llegando al lugar que escogió el día anterior, lo deja caer en una cueva amplia que se interna bajo unas tupidas zarzas. Se pregunta qué profundidad tendrá, pues parece rodar y no queda rastro alguno; creyendo que ha demorado menos de lo real, espera ser capaz de llevar los otros tres durante la misma jornada.

La adrenalina es tan fuerte, que desciende casi corriendo y puede subir con el segundo con tanta facilidad como hizo con el primero. Este, también desaparece por el agujero.

Con el tercero se le hace más duro el ascenso y siente un gran alivio al verlo desaparecer. Pero al mirar hacia el horizonte, observa que el tiempo ha corrido aprisa, y aunque ni siquiera se dio tiempo para comer algo, es muy tarde como para alcanzar a trasladar el último. Recién se da cuenta de lo muy agotada que está: ha echado todo el día en eso y caminado muchos kilómetros subiendo y bajando.

Cuando regresa a la casa, entra a la bodega y sin prender la luz, observa el cuarto, de un color crudo grisáceo, esperando su turno. Una combinación de emociones la embarga: es el último, con este terminará su penosa labor; se alegra de no haber tenido tiempo de pensar en nada ni nadie… Junto a este, en la penumbra, divisa la opaca guadaña apoyada en el muro junto a la escopeta. Comprende que no deben quedar ahí, también debe hacerlas desaparecer. Un poco más allá, los serruchos cuelgan más limpios que nunca, igual que el piso.

Todavía pensando en lo anterior, cuando termina de lavar sus manos en el lavaplatos de la cocina, el sonido de la campana la sobresalta. Sabe que no está en facha para recibir visitas, pero no quiere intrusos husmeando, de modo que debe espantar a quien haya llegado a importunar; mientras los sonidos se repiten, camina alrededor de la casa. Una figura alta y delgada espera su presencia.

—Buenas tardes, señor.

—¿La casa de Margarita? ¿Está ella?

—Sí, señor, soy yo. ¿Qué se le ofrece?

—Bueno, sabrá que vengo muy bien recomendado...

—No sabe cuánto me elogia, pero si me mira con un poco de detención, se dará cuenta de que no estoy en condiciones de atenderle.

Margarita nota de inmediato el malestar en la cara del hombre; sin lugar a duda, ha sufrido una tremenda decepción.

—Lamento que se haya pegado, seguramente, un largo viaje para llegar hasta aquí, pero debo pedirle que me disculpe, hoy no estoy disponible.

—Sí, ya lo veo, imagino que ha estado muy ocupada en el jardín.

—Sí, algo así...

—Créame que lo siento. Pero claro, yo podría esperar a que se asee, si por mientras me convida un traguito.

—Estoy haciendo limpieza, como verá, el jardín de esta casa se ha convertido en un verdadero chiquero.

—Sería una pena tener que irme... con lo que me costó llegar...

—Por favor discúlpeme, pero como le dije, no estoy en condiciones. He afanado todo el día y estoy rendida.

—Es una pena, podríamos descansar juntitos...

—Disculpe de nuevo, pero como le he dicho, hoy no podrá ser... porque, además, mi exmarido debe estar por llegar, porque quedó de venir a arreglar unos asuntitos urgentes conmigo...

El semblante del hombre cambia por completo.

—Está bien, entonces me retiro, y no creo que vuelva nunca por aquí.

—Si se enoja, le juro que lo entenderé, yo tampoco volvería jamás.

Sin mediar más palabras, lo ve girarse para regresar por donde mismo llegó, diciéndose que la treta de utilizar a su ex como argumento disuasivo jamás falla. No espera a verlo alejarse, de inmediato regresa a lo que la tenía ocupada, rezongando.

Pronto oscurecerá y definitivamente le parece poco apropiado seguir con el acarreo, más aún si debe deshacerse también de la guadaña y la escopeta. Prende la luz de la bodega y detiene los ojos en estas, luego en el saco.

—Y tú, tendrás que esperar... Total, no tendrás mucho que andar haciendo ahora, ¿verdad? Así que ya me ocuparé de ti mañana. —Exhibe una sonrisa diabólica y le guiña un ojo—. Puedes quedarte descansando junto a tus tan apreciadas herramientas. —Cierra la puerta de la bodega y se dirige al bar. Allí se detiene unos segundos—. Todavía tengo licor del de ayer, allá arriba, así que gracias, barcito, pero por ahora estoy bien. —Recrea en su mente la botella que quedó en su velador llena hasta más arriba de la mitad.

Después de una placentera ducha, se acuesta sonriendo, sorprendida de sí misma. Sin arrepentimiento alguno, se alegra de que tampoco siente ya las náuseas que antes la atacaron. Con desdén piensa en los sacos y su contenido, y en la magnífica cueva que encontró bajo la zarzamora. "Seguro que ahí jamás alguien los encontrará… aunque el olor podría despertar sospechas en alguien… pero corre mucho viento, así que eso no ocurrirá. Además, ¿por qué tendrían que culparme justo a mí? A fin de cuentas, se trata de un borracho empedernido al que nadie nunca ha querido. De un don nadie… De Pe. Claro que si está en trocitos…".

Está con los ojos cerrados, pero no sucumbe al cansancio; en su mente aparecen una vez más el cuarto saco, la escopeta y la guadaña, esas últimas evidencias que duermen en la bodega esperando a que llegue la mañana. Pensando en que a primera hora revisará que todo lo limpiado haya quedado impoluto y luego se deshará de esos últimos trozos de Pe y sus amadas herramientas, por fin se deja llevar por el cansancio.

XXXI

Los campanazos hacen que Margarita despierte de un salto. Con sigilo se asoma por la ventana, pero no ve a nadie.

"¿Lo habré soñado? —Observa la campana y extrañada, se da cuenta de que está completamente quieta. Un escalofrío le recorre la espalda—. ¿Existirán las ánimas?". Sacude la cabeza y se retira, pensando en ir a tomar una ducha para despertar bien y dejarse de andar imaginando cosas, después comer algo, y abocarse a la tarea de trasladar el último saco.

Luego de abandonar el baño y vestir su ropa interior, la campana vuelve a sonar. Margarita va nuevamente a la ventana y comprueba que esta vez, sí hay alguien parado frente a la puerta. Asoma la cabeza y parte del cuerpo, sin importarle mostrar con generosidad sus abultados pechos.

—¡Ya va, ya va! Un poco de paciencia, por favor.

Cuando llega a la planta baja, se dirige a la puerta de calle. Recién, entonces, al ver el sillón destrozado y el mueble trancándola, recuerda que Pedro la inutilizó. Entonces va a la cocina y sale por la de servicio. Después de contornear la casa, sorprendida se enfrenta a la figura que la espera.

—Estoy de franco, así que pensé que usted y yo podríamos… —Sus ojos enfocan sin vergüenza el amplio escote de la enagua, luego recorren la delgada bata que la cubre, cuya transparencia permite admirar sin dificultad el contundente contenido.

—¿Y qué dirán sus superiores?

El recién llegado alza la vista, vuelve a observar el escote durante un par de segundos, y detiene los ojos frente a su cara.

—Ah, ese no es mi problema, allá lo que digan mi teniente o mi sargento, porque yo con mi vida privada hago lo que se me venga en gana.

—Ah, sí, ¿no?... Pero fíjese que no va a poder ser.

—¡Cómo! Pero si usted nos dejó bien invitados el otro día, y yo solamente estoy obedeciendo sus órdenes.

—Sí, claro, mis órdenes... ¿Acaso no le cansa andar obedeciendo órdenes todos los días, como para seguir haciéndolo en su vida privada?

—Bueno, viniendo de usted, que está cada día más preciosa...

—Bien adulador se me puso hoy día.

—Bueno, es del caso que no me gustaría quedar con los crespos hechos, como dicen, así que, si quiere entramos, aunque sea solo un ratito... No se va a arrepentir, se lo aseguro; en cambio, si me deja ir con tanta facilidad...

Margarita sopesa la situación y con rapidez llega a la conclusión de que es mejor dejar al funcionario contento, y además no arriesgarse a levantar sospechas. Se pregunta si el hombre irá solo para espiar o, por el contrario, con las mejores intenciones de calmar sus necesidades carnales.

—Está bien, que sea porque es usted, nomás. Pase por aquí, igual lo llevaré por atrás para que no lo vayan a pillar.

El carabinero sonríe con picardía.

—Ahora sí que nos estamos entendiendo, debo reconocer que es usted toda una dama.

—Gracias, venga entonces.

Al llegar a la puerta, una imagen en su mente la detiene abruptamente.

—Va a tener que esperarme un ratito aquí, querido. Altiro vuelvo a buscarlo. Mire por mientras los pajaritos. —Sin decir más, entra a la cocina y cierra la puerta con llave. Corre a buscar una manta que tira sobre el destartalado sillón y regresa—. Ahora sí, y como caballero que es usted, no me haga preguntas. —Le toma la mano y lo guía con rapidez hacia la escalera. Las manos del hombre se muestran anhelantes, y suben a tropezones.

—Pero mi carabinerito, no se urja tanto, si ya vamos, ya vamos…

Ingresan a la habitación y luego de entrar cierran la puerta.

Apenas quince minutos después, esta se abre y aparecen. La cara redonda del visitante, aunque roja, se muestra relajada y contenta, la de ella indica la preocupación que la embarga y lucha por disimular.

—No me ha dicho por qué está tan apuradita…

—Es que tengo algunas cositas qué hacer y las he postergado por usted, así que puede estar tranquilo y sentirse bien recibido.

—No, si tranquilo estoy; la que no está tranquila es usted. No entiendo por qué está tan apurada.

—Pero, aun así, puede ver que por usted he postergado todo.

—Pero por un rato bastante corto…

—Pero no sea malagradecido; vuelva mañana y podremos tener un continuará.

—Pero si mañana ya no estaré de franco, pues. Por eso el momento era ahora... Pero está bien, si usted no puede, de todas maneras, se lo agradezco. Para que vea que no soy malagradecido.

Bajan por la escalera, atraviesan el salón y salen por la puerta trasera.

—Espero verla pronto, mi reina.

—Ojalá en el futuro no se olvide de que soy su reina, ni del ratito que pasamos juntos, porque después es tan fácil hacerse el leso...

—Pero cómo se le ocurre, verá cómo tendré oportunidad de pagarle el favorcito, y ya se abrirá una ventanita para venir por esa otra patita que me quedó debiendo.

—Venga cuando quiera, aquí lo estaré esperando. —Lo ve alejarse y, cuando está a considerable distancia, se gira y regresa a la bodega, pensando en terminar cuanto antes con su antipática labor.

Al entrar, de inmediato reconoce el origen del hedor que la recibe. Coge el saco y se apronta a salir... pero el estridente sonido de la campana, la detiene. Abandona el cuartucho cuidando de dejar bien cerrada la puerta y sale por la parte trasera.

Frente a la gruesa puerta de roble, una figura espera.

"¡No puedo creerlo! A todos les ha dado por venir hoy, y a esta hora; ¿es que no me van a dejar hacer lo que tengo que hacer? Y yo en esta facha que les da más cuerda todavía".

—Diga, señor, ¿en qué le puedo servir?

—Busco a Margarita, ¿es usted?

—Aquí, como puede ver, la mismita. —Hace una pequeña reverencia que permite al visitante observar el atractivo interior de su escote.

—Vengo de parte de un colega, me dijo que viniera nomás, a cualquier hora, y ya ve que me tiene aquí tempranito.

—Sí, pero qué pena, porque fíjese que justito voy saliendo.

—¡Pero cómo!, supongo que no me va a defraudar…

—No, si no se trata de eso, mi caballero, solo que hoy no puedo, así que tendrá que ser en otra ocasión. —Esta vez, la molestia se muestra sin tapujos en el rostro de Margarita.

Aunque el hombre es alto, delgado y le parece especialmente atractivo, no duda; a estas alturas, su mente no tiene más espacio que para el saco y el mal olor que pronto abandonará la bodega para desplazarse por la casa.

—Venga mañana y le pagaré con creces lo que se pierda hoy.

—No, no puedo mañana, ¡pero en fin!, ya veremos. Créame que me voy muy decepcionado.

—Créame usted a mí que deveras lo siento, pero tengo que solucionar un problema requetegrande.

—No, si se le nota en la cara; siento haberla importunado. —El rostro del visitante expresa con claridad su enorme frustración. Gira sobre sus pies y se retira.

Margarita hace una larga inspiración y exhala con fuerza. También se devuelve por donde vino.

"Por fin". Luego de pasar por la bodega, avanza con la rapidez que le permite el bulto que lleva consigo.

Dos horas después, ingresa por la puerta trasera, que deja abierta como ventilación y hace lo mismo con la de la bodega. Sus ojos quedan atrapados ante la escopeta y la guadaña.

—¿Y ustedes? ¿Acaso me van a perseguir toda la vida? —Las había olvidado por un rato y no se le ocurre otro lugar dónde dejarlas; desvía la mirada hacia los serruchos. "Podría colgarlas ahí, total aquí casi no entro... Y tendría con qué protegerme un poco, aunque jamás he tenido un aparato de estos en mis manos... ¿Por qué no podría haberlas dejado aquí Pe, si venía a cada rato a importunar? Creo que lo más inteligente es dejarlas a la vista". Se dirige hacia la puerta de entrada y con dificultad corre el enorme mueble que la tranca, devolviéndolo a su lugar original pegado a la pared, y la abre de par en par.

"Ahora sí".

La corriente de aire promete que pronto el lugar estará del todo ventilado.

Observa la cerradura rota y sale en busca de contratar otra vez al carpintero que instaló la puerta, pero no para arreglarla; es hora de sacarla y regresar a su lugar las de batiente, que poco antes vio arrumbadas en un rincón de la bodega. "De no haber sido por el desgraciado de Pe, su escopeta y la maldita guadaña, nunca las habría sacado de aquí".